Clifford Chatterley

Der gehörnte Figaro

und andere Cuckold-Geschichten

AF209554

Fünf abgeschlossene Geschichten, fünf Zeitalter, fünf verschiedene Perspektiven auf das Thema Cuckolding:

In der titelgebenden Geschichte vom gehörnten Figaro erzählt Suzanna, die Zofe der Gräfin Rosina und Geliebte des Grafen Almaviva, ihre eigene Version über ihre Hochzeit mit dem Barbier von Sevilla.

Die Geschichte von Josef und Marie führt uns keineswegs in das Palästina der Zeitenwende, sondern in ein finsteres Tal zu Beginn des vorigen Jahrhunderts, in dem eine Bauernfamilie immer noch das Sagen hat.

In der Seeräuber-Jenny erzählt uns Markus, ein Gelegenheitsarbeiter im Hamburger Hafenviertel, wie er die Jenny in einer Kneipe kennen und lieben gelernt und mit ihr die Wirrnisse der Weltwirtschaftskrise überstanden hat.

Menelaos, der König von Sparta, erzählt uns seine Version der Geschichte vom Raub seiner Gattin, der schönen Helena, durch Paris, den trojanischen Krieg und ihre Heimkehr aus Ägypten.

Und mit Alma lernen wir eine Dame der Wiener Gesellschaft in den frühen Zwanziger Jahre kennen, die sich nach dem Tod ihres ersten Gatten selbst in den Mittelpunkt stellt und sich dabei nichts abgehen lässt.

Der gehörnte Figaro

und andere Cuckold-Geschichten

Clifford Chatterley

Die Handlungen und Charaktere dieses Buches sind ebenso wie der Autor frei erfunden. Jede Ähnlichkeit mit realen Personen ist unbeabsichtigt. Alle dargestellten sexuellen Handlungen finden zwischen Personen über 18 Jahren statt.

Bibliographische Information der deutschen Nationalbibliothek:

Die deutsche Nationalbibliothek verzeichnet diese Publikation in der Deutschen Nationalbibliografie; detaillierte bibliografische Daten sind im Internet über http://dnb.dnbde abrufbar.

© 2022 Clifford Chatterley

Herstellung und Verlag:

BoD – Books on Demand, Norderstedt

ISBN: 9783756861569

Inhalt

Josef und Marie

Sie hatten es nicht eilig, die Brenners, als im Tal bekannt wurde, dass ich mit Marie ging. Nichts war eilig bei uns im Tal, die Brenners wussten, dass alles seine Ordnung haben würde, dass alles seinen Weg gehen würde. Und sie hatten Zeit und Geduld zu warten, bis ihren Schutzbefohlenen das eine oder andere ausging. Oder beides.

Aber alles schön der Reihe nach: Mein Name ist Josef. Zu der Zeit, wo die Geschichte spielt, war ich Anfang zwanzig, der einzige Sohn auf einem der Pachthöfe der Brenners. Ob man mich schön nennen hätte können, weiß ich nicht, ich selbst fühlte mich als nichts Besonderes, ich ragte einen Meter fünfundachtzig in die Höhe, von kompakter, vierschrötiger Statur, wie sie die Arbeit auf einem Bergbauernhof formt. Einzig mein krauses, fast blondes Haar war ungewöhnlich und wohl meiner Mutter geschuldet, deren rötliches Haar stets ein wenig keck unter dem Kopftuch vorlugte und ihr sommersprossiges Gesicht mit den freundlichen grünlichen Augen hübsch einrahmte. Sie war von auswärts ins Tal gekommen; zu welchen Bedingungen, weiß ich nicht. Ich weiß nur, dass mein Vater mich immer angenommen hatte wie seinen eigenen Sohn, also war er mein Vater. Die schlichte, das Gehorchen gewohnte Psyche eines einfachen Bauernsohnes verhinderte sehr lange, dass ich mir die Frage überhaupt zu stellen wagte, die doch so offenkundig im Raum stand.

Heute ist mein Haar schon grau, unsere drei Kinder sind groß. Die Geschichte, die ich erzähle, ist so lang her, dass sich immer wieder gnädige Schleier des Vergessens über die Erinnerung zu legen versuchen. Und noch mehr über die Legenden, die erzählt werden über einen Samuel oder Sam, dem es vierzig, fünfzig Jahre davor gelungen sein sollte, Rache zu nehmen für den Tod seiner Eltern; den Brenner zu erschießen, den damaligen Herrn des Tales; seine Söhne in den Tod zu schicken, einen nach dem anderen. Und von der Luzi, der unnahbaren Schönen mit den dunklen, tiefgründigen Augen, der es gelungen sein soll, aus dem Gesetz des Tales auszubrechen, ihr erstes Kind von ihrem Mann Lukas unter dem Herzen zu tragen, ein Mädchen, Paula, die ihr einziges Kind bleiben sollte. Marie besaß ein Bild von ihr, von ihrer Großmutter, der sie glich wie ein Ei dem anderen. Äußerlich, aber wohl auch und noch viel mehr innendrin, bei allen Unterschieden des Weges, den der Herrgott ihnen auferlegte, an den sie glaubten, und der mit dem Pfarrer wenig zu schaffen hatte.

Legenden pflegen die Wirklichkeit zu verklären, die oft recht unspektakulär ist: Die Wahrheit war, dass Lukas und Luzi nicht mehr sehr lang in ihrer Heimat blieben. Der Erbhof beherrschte weiterhin das Tal, Lukas blieb ebenso Pächter der Brenners wie die restlichen Bauern. Die Erbfolge war bald geregelt, die Brenners hatte auch Sam nicht ausrotten können. Einer der verbliebenen Söhne, von denen es in jeder Bauernfamilie einen gab, saß fest im Sattel, die anderen notdürftig abgefunden, weggezogen oder tot. „Die Freiheit ist ein Geschenk, dass sich nicht jeder gern machen lässt", soll Luzi immer wieder gesagt haben. Und dabei tiefgründig gelächelt haben. Das Dorf begann das Paar zu meiden, der damalige Brenner, der Vater des jetzigen Brenner, machte ihnen schließlich ein Angebot, das sie nicht ablehnen wollten. Genug, um in der Stadt ein neues Leben zu beginnen, wo der Ruf der Fabriken lockte, willige Arbeitskräfte immer gebraucht wurden.

Zwanzig Jahre später war Paula herangewachsen und hatte kurz vor dem Krieg einen jungen Fabrikarbeiter geheiratet. Der wurde zwei Jahre nach Maries Geburt eingezogen und fiel in einer der Isonzo-Schlachten. Ein anderer Mann kam für Paula nicht in Frage, sie musste also ihre Tochter allein aufziehen. Was bis zur Weltwirtschaftskrise gut funktionierte, dann standen die beiden plötzlich vor dem Nichts. In ihrer Not besannen sie sich wieder auf ihre Wurzeln und versuchten eine Rückkehr in das Tal von Maries Großmutter. Was Paula dafür tun hatte müssen, als Pächterin unseres Nachbarhofes aufgenommen zu werden, darüber hat sie bis zu ihrem frühen Tod nicht gesprochen. Marie hatte allerdings vor dem Pfarrer einen Eid leisten müssen, sich den Bedingungen zu unterwerfen, die im Tal unverändert herrschten. „Vor dem Pfarrer", sagte sie stets, nicht „vor Gott". Was sie aber nicht daran hinderte, sich an ihren Eid vor Gott gebunden zu fühlen.

*

Zu der Zeit, zu der diese Geschichte spielt, war Paula gerade ein halbes Jahr tot. Das stellte Marie neben dem unerwarteten Verlust auch vor ein gravierendes lebenspraktisches Problem: Allein konnte sie den Pachthof nicht bewirtschaften, und das war auch dem Brenner klar. Er stellte sie vor die Wahl, entweder bis zur Aussaat „jemanden" zu finden oder das Pachtland zurückzugeben und aus dem Tal zu verschwinden.

Es war früher Februar, als Marie an unserer Türe klopfte. Ich war allein zu Hause, sie stand draußen, immer noch schwarz gekleidet, wie es die Sitte gebot, aber ohne Überkleidung. Ihr dunkles Haar schien unter dem Kopftuch nach hinten gebunden, doch einige Strähnen lugten fürwitzig hervor. „Komm erst mal rein, Marie." Meine Kehle war trocken. Sie streifte ihre Stiefel sorgfältig ab. „Danke, Josef", sagte sie wie beiläufig mit ihrer dunklen, melodiösen Stimme, als sie in die Stube trat. Ich wunderte mich, dass sie „Josef" sagte, im Tal nannte man mich nur den Sepp. „Die Eltern nicht da?" Die Frage kam unvermittelt. „Nein, warum?" „Ob ihr mein Vieh nehmt, wenn ich weggehe?", fragte sie ruhig. „Eine Kuh, einen Ochsen, zwei Ziegen, eine Handvoll Hühner. Der Brenner gibt nichts dafür, es ist alles, was ich habe." „Weggehen?", fragte ich. „Setz dich doch erst mal. Milch?" Sie rutschte auf die Bank hinter dem Küchentisch, zog den heißen dampfenden Becher an sich.

„Wenn ich jemanden finde, sagt der Brenner. In einem Monat müsste ich säen. Gehe ich jetzt, schulde ich wenigstens keine Pacht."

Auch ich nahm mir einen Becher Milch, setzte mich ihr gegen-über, schwieg lang. Ihre dunklen Augen ruhten auf mir. Ein seltsames Gefühl ergriff von mir Besitz. Ich hätte gern gesagt, es war ums Herz, es war aber nicht ums Herz. Es war da, wo der Pfarrer immer sagte, dass man sich selbst nicht berühren soll. Ich nahm einen Schluck Milch. „Und du, was wirst ma-chen?", fragte ich. „Na was, in die Stadt. In die Fabrik, oder ei-ne Stellung. Notfalls als Hur. Es wird schon gehen." Meine Kehle wurde immer trockener, trotz der Milch. Ich musste schlucken. Was eine Hur war, das wusste ich, vom Militär-dienst. So selbstverständlich, wie sie das Wort aussprach, traf es mich mitten in die Magengrube „Und wenn du doch einen findest?", fragte ich. Leise, scheu. Sie sah mich an, legte dann ohne jede Hast ihre Hand auf den Küchentisch. Ich war immer noch in diesem erregten Zustand, in dem das Denken schwer fiel. Doch hier gab es nichts misszuverstehen. Und auch nichts zu überlegen, in diesem Augenblick. Ich streckte also meine rechte aus, legte sie auf die ihre. Zitterte sie leicht? Oder war ich das? Unsere Blicke begegneten einander, die Zeit schien still zu stehen, als wir ineinander versanken, wie Ertrinkende. Es brauchte keine Worte.

„Dann ist das also entschieden", hörte ich da eine Stimme hin-ter mir. Ich zuckte zusammen, ich hatte keine Ahnung, wie lang mein Elternpaar schon im Raum stand. „Das Land können wir brauchen, und du hast eine Beschäftigung, Sepp." Damit wandte er sich dem tabernakelartigen kleinen Wandschrank zu, in dem er seinen Schnaps aufbewahrte. Er stellte vier der klei-nen Gläser auf den Tisch, schenkte sie voll, schob jedem eines zu. „Auf euch, Kinder", sagte er, wartete nicht auf uns und leerte sein Glas. Marie schaute irritiert von einem zum anderen. Auch wenn sie wohl deswegen gekommen war: Sie schien sich gerade verschachert zu fühlen wie ein Stück Vieh. Mama schien das auch zu merken, sie ging auf Marie zu, nahm sie an beiden Händen: „Willkommen in unserer kleinen Familie, Marie", sagte sie. Die beiden Frauen sahen einander lange in die Augen, schließlich schien alles geklärt. „Danke." Sie nahm ihr Glas, leerte es in einem Zug. Ich folgte ihrem Beispiel, die letzte war Mama. So kam es, dass wir miteinander gingen, Marie und ich.

„Komm, Bauer, ich zeig dir alles", sagte Marie. Ich zögerte eine Weile, mein Erregungszustand war mittlerweile einigermaßen abgeklungen. Doch die ermunternden Blicke der Eltern waren deutlich genug. „Gern, Bäurin", sagte ich also, stieg in meine Stiefel, nahm meine Jacke und folgte ihr. Es war nicht weit zu gehen, der Hof bot keine Überraschungen, die Pachthöfe stammten alle aus der selben Zeit, sie glichen einander wie ein Ei dem anderen. An diesem Nachmittag sah ich zum ersten Mal das Bild, Marie hatte es in der kleinen Kammer aufgehängt, die sie von Kind an bewohnte. „Bist das du?", fragte ich ungläubig. „Nein, das ist die Luzi, meine Oma." Die Worte fielen beiläufig. Ich war momentan überwältigt von der Ähnlichkeit. Die Legende von der Luzi kannte ich natürlich, wie jeder im Tal, aber der Zusammenhang war mir nicht bewusst gewesen.

„Setz dich, ich erzähle es dir gern." Marie hielt meine Hand, als ich neben ihr saß, auf der Ofenbank in der kleinen Stube, und ich mich gefangennehmen ließ von ihrer warmen, melodiösen Stimme, mit der sie die Geschichte vortrug und kein noch so winziges Detail ausließ. Auch nicht, wie Luzi und Lukas ums Leben gekommen waren, von der Polizei erschossen auf einer Demonstration für die Rechte der Arbeiter. Mir entging die Träne nicht, die auf Maries Backe herunterfloss, als sie davon erzählte.

*

„Soso, Josef und Marie, das heilige Paar." Ein paar Wochen später, wir standen vor dem Brenner-Bauern in seiner guten Stube. Mich begleitete Mama, für Maries Vater, der irgendwo in Italien begraben lag, sprang halt mein Vater ein. Der Brenner war ein großer hagerer Mann, vielleicht Mitte 40, sein Haar bereits angegraut, ebenso wie der Bart, der seine Backen umrahmte. Neben ihm stand die Brennerin, sie wirkte im Vergleich zu ihm ausladend, wobei man aber nicht sagen konnte, ob das an ihrer Figur oder an der weit ausgestellten Tracht lag, die sie stets trug. Ihr Haar war noch dunkel, fast schwarz, sie wirkte deutlich jünger als der Brenner. Auch wenn sie die Aura einer Gutsherrin umgab, wirkte sie blass, der Ausdruck ihrer Augen stumpf, man hatte das Gefühl, dass sie unbeteiligt durch uns durchsah, wie wir so vor ihrem Mann standen, dem Herren des Tales. Der Brenner dachte eine Weile nach, nickte dann anerkennend. „Vier paar Hände, das langt für die beiden Höfe", sagte er dann. „Meinen Segen habt ihr. Gibt es noch etwas?"

Mein Vater hatte sich umgehört, man munkelte, dass es der Brenner nicht immer ganz genau nahm mit seinem Recht, es bisweilen gegen eine Abfindung tauschte. „Ich bitt, meine Tochter Marie von ihrer Pflicht zu entbinden und sie dem Gatten freizugeben. Hier sind 25 Gulden, das ist alles, was ich besitze." Der Brenner blickte auf, musterte erst meinen Vater, dann mich, bis sein Blick auf der hochgewachsenen jungen Frau haften blieb, die furchtlos vor ihm stand. Sie schien mit sich im Reinen, so oder so. Er winkte seiner Frau, sie nahm einen Bilderrahmen auf, der die ganze Zeit neben ihr auf dem Boden gestanden hatte. Ich musste nicht hinschauen, um zu wissen, wer darauf abgebildet war.

Des Brenners Blick wanderte hin und her, zwischen Marie und dem Bildnis. Marie zeigte äußerlich keinerlei Regung. „Wäre sie deine Tochter, Bauer", antwortete er schließlich, „wäre sie deine Tochter, würde ich es mir abschlagen lassen. Aber sie ist die Enkelin der Luzi, Sieh sie an, sie bringt das Blut der Luzi zurück ins Tal, frisches Blut für die Brenners. Meine Antwort ist nein. Behalt dein Geld, Bauer, sie bleibt an ihren Eid gebunden."

Seine Frau, die Brennerin, stand ohne sichtbare Regung neben ihm. Eine Weile maßen die beiden Frauen einander, dann wandte Marie den Kopf ab, blickte zu Boden. „Wie ihr es wünscht, Herr, und wie ich es vor dem Pfarrer geschworen habe." Sie trat auf den Brenner zu, beugte ein Knie vor ihm und küsste ihm die Hand, die er ihr entgegenhielt. „Wann immer du bereit bist, Marie." Marie erhob sich. „Wir bitten um das Aufgebot, Brenner, in drei Monaten soll Hochzeit sein", sprach mein Vater, als wäre nichts gewesen.

„Wenn der Herr uns bis dahin sein Zeichen gegeben hat, Bauer." Er schwieg eine Weile. „Und ihr beide seid dazu bereit und wollt einander versprochen sein?" Der Brenner sah erst mich, dann Marie forschend an. „Ja", sagten wir beide fast gleichzeitig. „Brennerin", sagte der Brenner da nur. Seine Frau ging stumm zu einer Kommode, suchte eine Weile in einer Lade, kam mit einer kleinen Schachtel zurück, reichte sie ihm. „Steckt einander die Ringe an, an die linke Hand, als Zeichen eurer Verlobung." Es war ein mystischer Augenblick, es war totenstill in der Stube, als erst ich nach einem der Ringe griff, ihn Marie ansteckte, sie es mir dann gleich tat, unter den Augen des Brenner. Und es schien mir, als ob sie noch etwas anderes besiegelten, die Ringe: Hier war die Zeit stehen geblieben, wir waren Leibeigene des Brenner, nicht freie Bürger.

„Wann immer du bereit bist, Marie." Er wiederholte die Worte fast beiläufig, er war jetzt sicher, dass wir gehorchen würden. Es wurde kein weiteres Wort gesprochen, mit einer unsmissverständlichen Geste waren wir entlassen. Mama hatte ein kleines Abendessen für uns vorbereitet, es wurde sogar eine Flasche Wein geöffnet, wir stießen auf unsere Verlobung an. Als ich Marie küsste, wurde mir nicht zum ersten Mal schmerzlich bewusst: Ich hatte meine Verlobte noch kaum berührt.

Nach dem Abendessen blieb Marie bei Mama, Vater nahm mich wieder einmal mit zum Schoppen in das kleine Wirtshaus neben der Kirche. Ich wurde als Mann vorgestellt, und es war ja auch die Hochzeitsfeier zu besprechen, die die Brenners bezahlen würden. Mein Vater hätte das nicht gekonnt.

*

„Ich will, dass es vor der Hochzeit ist. Und ich will, dass du dabei bist. Es soll kein Geheimnis zwischen uns sein, wenn wir gemeinsam vor den Pfarrer treten." Ich saß wieder einmal bei Marie in der Stube. Niemand hatte Sorge, uns beide miteinander allein zu lassen. Man wusste: Der Eid war Marie heilig, und dass ich ihr Gewalt antun würde, das traute mir niemand zu. Marie hatte das Bild Luzis in ihrer Kammer abgehängt, es hing jetzt in der Stube über dem Esstisch, an dem wir beide saßen. Luzi sah auf uns herab, mit ihren dunklen, unergründlichen Augen.

„Den Pfarrer? Und was ist mit Gott?", fragte ich sie. Sie sah mich eine Weile forschend an, so wie sie ein kleines Kind ansehen würde, das noch nichts verstanden hatte. „Vor Gott gehören wir einander schon lang, Josef. Er hat uns einen Weg auferlegt, von dem wir nicht fragen sollen, warum, sondern den wir gemeinsam gehen werden. Er wird uns prüfen, aber er wird uns reich entschädigen. Der Pfarrer ist Teil des Weges, aber er ist nicht Gott." Die Art, wie sie mich dabei ansah, ließ mich schaudern, löste in mir wieder einmal das Gefühl aus, das mir in den letzten Wochen vertrauter geworden war. Noch hatte ich es geschafft, den Versuchungen zu widerstehen, wenn ich allein in meiner Kammer lag, nach einem langen Abend mit Marie und einem zärtlichen Gute Nacht-Kuss, mit dem sie mich seit der Verlobung stets verabschiedete. Da half es nichts, dass sie noch ein „Was das andere betrifft, werde ich Gottes gehorsame Magd sein" nachsetzte, bevor sie mich zum Abschied küsste. „Morgen", sagte sie noch. „Du wirst mich begleiten?"

Ich zog in dieser Nacht die Vorhänge zu meiner Kammer fest zu, als ich zu Bett ging. Er würde mich nicht sehen. Redete ich mir ein, bevor mein Atem schneller wurde, der aufgestaute Trieb sich Bahn brach.

*

Der Brenner hatte immerhin zwei seiner Söhne aufgeboten, Marie abzuholen, in der Abenddämmerung. Es war zwar nicht wirklich notwendig, zu seinem Hof zu reiten, aber hier ging es um etwas Anderes: Es würde kein Augenpaar geben, das die Braut nicht sehen würde, herausgeputzt für den Grundherrn. Und herausgeputzt war sie, sie trug ein bodenlanges weinrotes Kleid. Ich sollte später erfahren, dass es um diese Farbe viel Getuschel im Ort gab, die meisten Bräute waren in weiß, wenn sie diesen Ritt antraten. „Von weiß war in meinem Eid nicht die Rede, und weiß wird die Farbe sein, die dir vorbehalten ist, Josef." Das war das einzige, was sie dazu zu sagen hatte. So ritten wir los, ein Brenner-Sohn voran, dann Marie, die sehr aufrecht auf ihrem Rappen saß, dann ein zweiter Brenner-Sohn, zum Schluss ich. Die Dorfstraße war leer, als die Prozession vorbeiführte am Wirtshaus, an der Kirche, der kleinen Schule, schließlich hinter dem Dorf auf den Weg einbog, der zum Erbhof führte.

Die Brennerin empfing uns an der Haustüre. Kurz huschte ein Ausdruck des Erstaunens über ihr Gesicht, als sie Marie in ihrem roten Kleid sah. Kurz schien es zu einem Kräftemessen zwischen den beiden Frauen zu kommen, doch diesmal war es die Brennerin, die den Blick abwandte. „Komm herein, Kind", sagte sie, und es war ein wenig zu tonlos, um einfach beiläufig zu wirken. „Er wird dabei sein?" Sie würdigte mich nicht einmal meines Namens, Marie nickte nur beiläufig. „Ich nehme an, auch du, Brennerin." Damit schien alles gesagt, die beiden jungen Männer versorgten die Pferde, während wir durch den niedrigen Hauseingang in den Erbhof traten.

*

Ich stand allein in dem großen Schlafzimmer, das wohl den Großteil des Dachraumes des Erbhofes einnahm. Dunkle Sparren strebten von den Ecken des Hauses schräg nach oben, verbunden mit umlaufendem Gebälk, das mit einem halben Dutzend Stehern auf dem Boden des Schlafzimmers abgestützt war. In der Mitte die dunkle Bettstatt, frisch bespannt mit weißem Leinen, nur einige Kissen darauf drapiert, ebenfalls mit makellosem Weiß bezogen. Auf einer Seite lag ausgebreitet das graue Fell eines Wolfes. Der dunkle Raum, durch dessen einziges Fenster die Finsternis der Nacht hereinsah, wurde von einer Reihe Fackeln erhellt, die ihn in flackerndes Licht tauchten. Hinter dem Bett, in dem Raum, den die Dachschräge übrig ließ, stand auf einer Staffelei das Bildnis der Luzi.

Das Mädchen, das mich heraufgebracht hatte, war wieder verschwunden. Um meine Hände lagen eiserne Fesseln, mit einer Kette lose verbunden, die hinter meinem Körper um einen der Dachsteher lief. Erst in der Rückerinnerung wurde mir klar, dass die Handschellen nur mit Splinten gesichert waren, ich hätte sie jederzeit leicht entfernen können. Doch die Macht, die die Brenners über uns Pächter hatten, war keine physische, die Handschellen waren nicht mehr als eine Erinnerung daran, zu gehorchen. Oder auch eine Hilfe.

Der Brenner kam herein. Er trug ein weißes langes Nachthemd, das nicht nur an ihm einigermaßen deplaciert wirkte, sondern auch für das, was gleich geschehen würde. Wie das genau sein würde, davon hatte ich noch keine genaue Vorstellung, aber dass dieses Nachthemd dafür lächerlich war, das war mir von Anfang an klar. Der Brenner trat auf mich zu, zeigte mir die hölzerne Maske mit den großen Hörnern, bevor er mir sie aufsetzte und mit zwei Lederbändern sorgfältig befestigte. Er beachtete mich nicht weiter, legte sich rücklings in die Mitte des Bettes, schloss ein wenig die Augen, wartete. Ich hätte mir in diesem Augenblick halb gewünscht, nichts mehr sehen zu

16

können, doch die weiten Augenlöcher der Maske hinderten mich nicht daran.

Ein paar Minuten später kam die Brennerin herein, an ihrer Hand Marie. Ihr rotes Kleid war verschwunden, sie trug die selbe Art von lächerlichem Nachthemd, die zu der festlichen Landestracht seltsam kontrastierte, in die die Brennerin gekleidet war. Es herrschte angespannte Stille, als die Brennerin Marie freigab und sich an meine Seite stellte. Marie stand sehr aufrecht, blickte sich um, wie es ihre bedachte Art war. Es war, als brauchte sie eine Weile, die Atmosphäre der Situation mit all ihren Sinnen aufzunehmen.

Schließlich blickte sie in Richtung des Brenner. Ob sie auf ihn fokussierte oder auf die dunklen Augen ihrer Großmutter, die ihr genau gegenüber in den Raum sahen, konnte ich nicht feststellen. „Was ist, Brenner. Wir wollen Liebe machen, das geht nicht in diesem Fummel." Damit zog sie sich ohne weitere Umstände das Nachthemd über den Kopf und stand nackt im Raum. Ich bekenne, mein Körper reagierte augenblicklich und heftig. Ich hatte Marie noch nie anders gesehen als in langen Röcken. Die Art, wie sie frei und ungezwungen dastand, nicht daran dachte, sich zu bedecken, ihre Hände offen, nach oben gekehrt; das dunkle Dreieck ihrer Scham, die Nippel ihrer Brüste spitz abstehend: All diese Eindrücke konzentrierten sich auf einen unangenehm starken Druck da, wo der Pfarrer uns stets anhielt, uns nicht einmal selbst zu berühren. Kaum fühlte ich die Hand der Brennerin, wie sie nach der meinen fasste. Ich nahm an, dass das für sie nicht das erste Mal war, und doch: So hatte wohl auch sie es noch nicht erlebt.

Der Brenner sah zu Marie auf, er schien aus einem anderen Holz geschnitzt als wir. Ein Lächeln huschte über sein Gesicht. „Wie du willst, Marie, dann machen wir Liebe." Damit richtete er sich im Bett auf, zog auch sein Nachthemd über den Kopf, warf es achtlos neben das Bett. Er deutete auf den freien Platz neben sich, den selben freien Platz, auf dem sonst wohl die

Brennerin lag, wenn er Liebe machte, der Brenner. Und dahin, wo nun das Fell des Wolfes lag. Marie zögerte keine Sekunde, der Einladung Folge zu leisten, kroch auf allen Vieren in das Brenner'sche Ehebett, auf ihren Gutsherrn zu. Sie verharrte eine kleine Weile in seiner Nähe, dann gab sie ihm einen spielerischen Schubs, mit dem er wieder auf seinen Rücken fiel. Sie kniete sich neben ihn auf das Fell und begann ihn mit ihren Händen sachte zu liebkosen.

Er lag nackt vor uns, keine zwei Meter von der Brennerin und mir entfernt. Wir sahen beide hilflos zu, wie er nahezu augenblicklich auf ihre Berührungen reagierte. Er hatte keine Möglichkeit, sein Gemächt vor uns zu verbergen, das unter Maries Behandlung rasch zu stattlicher Größe wuchs, doch offenbar auch nicht das Bedürfnis danach. Er begann zu stöhnen, als Marie mit einer Hand an seinem Nippel spielte, während sie mit der anderen selbstbewusst seinen harten Schaft umfasste, genau die Bewegungen vollführte, die auch ich an mir selbst vollführt hatte, zuletzt bei fest zugezogenen Vorhängen. Nur, dass hier keine Vorhänge zugezogen waren, die Fackeln die Szene flackernd beleuchteten, Er durch das Fenster in den Raum sehen konnte, wenn Er denn wollte.

Der Brenner zog Marie zu sich, schien eine Frage an sie zu richten. Da sein Mund nah an ihrem Ohr war, verstanden wir sie nicht. Marie stutzte, dann lachte sie, ein freies fröhliches Lachen. Sie warf ihr Haar fast übermütig in den Nacken. „Nein, Brenner, da brauchst du keine Sorge haben." Sie ließ jetzt von ihm ab, legte sich auf ihren Rücken, mitten auf das Wolfsfell, ihre Hände legte sie locker in ihren Nacken. Die Art, wie sie ihre Beine spreizte, war eine Mischung aus vollkommener Unschuld und hemmungsloser Obszönität. Ihr Geschlecht klaffte weit auf, ich konnte meine Augen nicht von dem unschuldigen rosa lassen, das von ihrem schwarzen Haar eingerahmt war. „Komm schon, Brenner, der Tag ist günstig", sagte sie, während sich der Druck in meiner Hose weiter aufbaute.

Ich fühlte die Hand der Brennerin auf meiner leicht zittern, als ich unwillkürlich an meinen Fesseln zerrte.

Alles ging dann sehr schnell. Der Brenner schob sich auf Marie, sein steifes Gemächt drängte gegen ihre Spalte, drang schließlich tief in sie ein. Ich hatte ein kurzes Flashback an die Militärzeit, musste an die ebenso dunkle Frau denken, in dem Soldatenbordell, die mir meine Kameraden zum 19. Geburtstag geschenkt hatten. Doch dann war die Aufmerksamkeit wieder auf der übermächtigen realen Szene, die vor unseren Augen abrollte. Der Brenner stieß Marie, erst langsam, dann immer schneller werdend, bis er sich schließlich stöhnend und keuchend in sie ergoss. Er sank auf sie nieder, verweilte einfach keuchend auf ihr, bevor er sich wohl besann, dass er mit Marie nicht allein war, rollte von ihr herunter, sein Gemächt war schon wieder geschrumpft. Marie blieb einfach liegen, ihr Geschlecht glänzte, silberne Fäden spannten sich zwischen ihren rosa Lippen und zu dem schwarzen Haar, das sie einrahmte. Meine Augen spielten mir wohl einen Streich, als sie kurz über das Bildnis der Luzi streiften. War da ein spöttisches Lachen um ihren Mund, ein Blitzen in ihren Augen? Ich war wieder von der Szene in Bann geschlagen, auf die sie ebenso hinabsah wie ich. Einen Augenblick später war das Bild wieder wie immer, hatte ich mir das bloß eingebildet?

Ein Ruck schien durch den Körper der Brennerin zu gehen, sie löste sich von mir, ging auf Marie zu, reichte ihr das Nachthemd. „Komm, Kind", sagte sie zu ihr in einem Versuch, die auf dem Kopf stehende Autorität wieder herzustellen. Es misslang, Marie stand einfach aus dem Bett auf, nackt, wie sie war, ignorierte das gebotene Nachthemd, schenkte dem Brenner noch ein bezauberndes Lächeln. „Danke, Brenner", sagte sie noch, bevor sie sich von der ziemlich überfordert wirkenden Brennerin aus dem Zimmer führen ließ.

Ein wenig linkisch stand auch der Brenner aus dem Bett auf, zog sich immerhin sein Nachthemd über den Kopf, bevor er auf mich zutrat, mir die Maske abnahm, die Splinte aus meinen Handschellen entfernte. „Servus, Josef", sagte er. Ich kann mich nicht erinnern, dass er diesen Gruß vorher oder nachher jemals verwendet hatte, ja nicht einmal, dass er sonst jemals zuerst grüßte. „Servus, Brenner", antwortete ich etwas abwesend, ich war gerade in diesem Augenblick der ungewohnten Flüssigkeit gewahr geworden, die sich in meiner Hose gesammelt hatte. Dabei hatte ich doch keine Gelegenheit gehabt, meine Hände auch nur in die Nähe zu bringen …

*

Zwanzig Minuten später saßen wir wieder auf unseren Pferden, der Ritt nach Hause verlief in Stille. Marie lud mich ein, noch zu ihr hinüber zu kommen. „Möchtest du heute Nacht bei mir schlafen?", fragte sie nach dem Abendbrot. Ich musste erst schlucken, sie dann sehr entgeistert angesehen haben. Sie lächelte auf ihre entwaffnende Art. „Ich sagte bei, nicht mit. Wir haben unsere Hochzeitsnacht noch vor uns, es lohnt, darauf zu warten, Josef. Aber eine kleine Überraschung habe ich vielleicht für dich." Es dauerte noch über eine Stunde, bis sie endlich mit den Vorbereitungen für die Nachtruhe fertig war, sie schickte auch mich in den Hof, mich an der Viehtränke gründlich zu waschen. Ihr „so, dass du mir gut schmeckst" machte die Aufgabe nicht leichter.

Das Schlafzimmer, das unter dem Dach des Pachthofes lag, wagten wir in dieser Nacht noch nicht zu betreten, aber Marie hatte uns auf dem Boden der geräumigen Stube ein bequemes Lager gerichtet. Es war bereits vollkommen dunkel, als sie schließlich in die Stube kam, das letzte Licht löschte und zu mir auf das Lager schlüpfte. Der Gedanke an den Brenner war weit weg, als sich plötzlich warme weiche Lippen um meinen Schaft legten, eine Zunge zärtlich meine Eichel umspielte und schließlich der heiße Saft zum zweiten Mal an diesem Tag aus mir quoll. Daran zu denken, wohin, ließ mich noch Tage danach wohlig schaudern. Der Kuss, den sie mir zur guten Nacht gab, schmeckte salzig, bevor sie sich unschuldig wie ein Kind in meine Arme kuschelte und fast augenblicklich einschlief. Immerhin, die Vorhänge waren zugezogen gewesen. Nur den Augen der Luzi war nichts entgangen, auf ihrem Platz über dem Esstisch.

*

Es waren noch zwei weitere Male, dass Marie zum Brenner ging. Immer wenn „es günstig" war, wie sie sagte, es mochte einmal im Monat gewesen sein. Ich wusste damals wenig über Frauensachen, aber ich verstand genug, dass Marie das ohnehin nach ihrem Kopf machte. Ich hätte auch nicht sagen können, dass sich bei ihr etwas verändert hätte, als sie mir zwei Wochen nach dem letzten Mal auseinandersetzte, die Sache sei jetzt erledigt. Eine Woche später waren wir beim Pfarrer bestellt, wo Marie noch einmal niederknien musste, um in Anwesenheit von Brenner und Brennerin von ihrem Eid losgesprochen zu werden.

Wenn ich mir allerdings Hoffnungen auf eine Wiederholung jener Nacht in der guten Stube oder gar mehr gemacht hätte, dann wäre ich enttäuscht worden: „Ich will, dass das zwischen uns richtig ist, Josef. Was sind noch zwei Wochen gegen ein ganzes gemeinsames Leben?" Und ich muss ehrlich sein: Ein wenig Angst mischte sich auch in die freudige Erwartung. Der Gedanke, dass Marie schon ohne den Brenner deutlich mehr Erfahrung in der Liebe haben könnte als ich mit meinem Geburtstagsgeschenk bei der Hur, der ließ sich immer weniger abweisen. „Nein Brenner, da brauchst du keine Sorge haben", dieser Satz und ihr unbekümmertes Lachen hallte in meinem Kopf immer öfter nach.

*

Marie war überirdisch schön, als sie am Arm meines Vaters, der keine eigene Tochter hatte und den stolzen Brautführer machte, als letzte in die kleine Kirche einzog. Mir schlug das Herz bis zum Hals, als mir bewusst wurde, wie viele Männer ihr begehrlich nachblickten, wie viele Frauen neidvoll, als sie an seinem Arm durch den Mittelgang in die Kirche einzog. Ihr schwarzes Haar war kunstvoll aufgesteckt, vom Brautschleier bedeckt, das lange schmale weiße Kleid betonte ihre schlanke, hoch aufragende Figur, nichts deutete darauf hin, dass sie „in anderen Umständen" sein könnte, wie man so etwas im Dorf verschämt nannte. Das Fräulein Lehrerin der Dorfschule, in der alle Kinder von 6 bis 14 Jahren gemeinsam unterrichtet wurden, spielte nach Kräften auf dem kleinen Harmonium, dessen Klang die ungewohnt volle Kirche nicht recht auszufüllen vermochte.

Der Pfarrer hatte keinen Sinn für lange, ausufernde Feiern, so dauerte es keine halbe Stunde, bis die gebotenen Teile der Liturgie abgearbeitet, eine kaum fünfminütige Predigt von der Kanzel gehalten und die Stola um unsere Hände gewickelt war, während wir auf der Kniebank knieten, die man vom Seitenaltar vor den Hochaltar getragen hatte. Während des Eheversprechens nahmen wir einander die goldenen Ringe der Brenners von den linken Händen und steckten sie auf die rechten um. Der zärtliche Kuss, den Marie mir nach den obligatorischen Worten des Pfarrers „du darfst die Braut küssen" gab, löste einmal mehr Gefühle in mir aus, an die man in der Kirche sonst nicht einmal denken durfte.

Das Wetter meinte es gut mit uns an jenem Nachmittag im August, an dem wir einander das Ja-Wort gaben, so konnten wir die Gratulationen und die bescheidenen Geschenke der Nachbarn im Dorf vor der Kirche im Freien entgegennehmen, ehe die Gesellschaft ins daneben gelegene Dorfwirtshaus weiterzog. Die Brenners hatten sich nicht lumpen lassen und stellten für alle Gäste Getränke und ein schlichtes, aber reichliches Buffet zur Verfügung, für das Brautpaar und die unmittelbare Familie – meine Eltern, mein älterer Bruder, seine Frau und deren 6-jähriger Sohn – war eine Tafel gerichtet, uns wurde am Tisch serviert. Ich sah meinen Neffen das erste Mal bewusst und genauer an und fragte mich, ob die Regeln auch für meine Schwägerin gegolten hatten, ob Lukas auch ein Brenner war. Doch darüber wurde im Dorf nicht gesprochen, höchstens getuschelt.

Wir blieben auf der Feier, wie es die Schicklichkeit erforderte, bis die Turmuhr der nahen Kirche Mitternacht schlug. Der Applaus und das Gejohle der Gäste, die schon einiges getrunken hatten und noch lange nicht ans Heimgehen dachten, begleitete uns durch das Spalier, das traditionell einem Brautpaar auf dem Weg zur Hochzeitsnacht bereitet wurde. Gewissermaßen die soziale Absolution für das, was jeder wusste, aber niemand aussprach, der zur Dorfgemeinschaft gehören wollte.

*

Marie hatte das lange unbenutzte Schlafzimmer unter dem Dach des Pachthofes gründlich geputzt und durchlüftet, das große dunkle Bett frisch mit weißem Leinen bezogen, auf den Kopfpolstern lagen Zierkissen, deren Überzüge geklöppelte Spitzen eingesetzt waren, unter denen dunkelrote Inletts durchschienen. Marie hatte mich gebeten, mich wiederum gründlich zu waschen, dann in das Schlafzimmer vorzugehen, die Kerzenleuchter anzuzünden und so, wie mich Gott geschaffen hatte, auf sie zu warten. Das Haus hatte an den Stirnseiten des Firstes gerade Wände, und Marie hatte das Bildnis Luzis über das Lager gehängt, das unser Ehebett werden sollte.

Sie kam zehn Minuten später. Sie war bereits nackt, trug nur mehr den Brautschleier im Haar. Ihr Lächeln erschien mir in diesem Augenblick engelsgleich, der Glanz ihrer Augen überirdisch. Der Gedanke, ob sich ihr Körper seit jenem Tag bei Brenner schon verändert hatte, war plötzlich ganz weit weg, es war jetzt meine Frau, die da zu mir ins Zimmer kam, um die Ehe mit mir, ihrem Gemahl, zu vollziehen. Sie zeigte nicht die geringste Scheu, als sie so vor mir stand, mein Blick immer magischer angezogen wurde von dem schwarzen Dreieck ihrer Scham. Als ich meine Arme nach ihr ausstreckte, meine Erregung vor ihr nicht mehr verbergen konnte, trat sie mir entgegen. Doch dann kniete sie sich mit einer fließenden Bewegung vor dem Fußende des Bettes hin, schlug die großen dunklen Augen sittsam nieder. „Nimm deine Braut in Besitz, mein Gemahl, nimm mir den Schleier ab." Marie hatte eine Begabung für schlichte, aber wirkungsvolle Gesten, ich rutschte also auf meine Knie und nestelte mit fahrigen Handgriffen den Schleier aus ihrem Haar, der mit zwei Nadeln festgesteckt war.

Sie stand mühelos wieder auf. „Und jetzt lass uns unsere Ehe vollziehen, mein Gemahl, wir haben lang genug darauf gewartet." All meine Sorgen, ob ich ihr, ob ich der Aufgabe gewachsen sein werde, waren in der nächsten Minute dahingeschmolzen, als diese unglaublich schöne Frau zu mir in das Ehebett stieg und mich zärtlich, behutsam und nachgiebig so führte, dass wir beide bald im siebenten Himmel waren.

Später, als wir Hand in Hand, noch schwer atmend, nebeneinander lagen und dem überwältigenden Gefühl nachspürten, das unsere Vereinigung in uns beiden ausgelöst hatte, ließ ich meine Hand sachte über Maries schon leicht gewölbten Bauch gleiten. Und all die Fragen, all die Zweifel, sie waren plötzlich wie weggeblasen. Es war, wie es war, es würde mein Kind sein, es würde alles gut werden. Mit der eben gewonnenen Leichtigkeit durchflutete mich neue Woge der Erregung, ich wollte und konnte mich nicht dagegen wehren. Marie bemerkte es natürlich, legte ihre Hand sachte auf die meine, lächelte mich an. „Wir sind jetzt Mann und Frau", sagte sie mit einem leicht spöttischen Unterton, „unsere Ehe ist vollzogen, aber Liebe machen dürfen wir noch unser ganzes Leben lang." Damit schubste sie mich auf den Rücken, kletterte auf mich und sah mir genau in die Augen, als sie sich meinen harten Pfahl zum zweiten Mal in den Leib schob. Als ich kurz zum Bildnis

Luzis aufblickte, war mir, als lächelte sie wieder. Aber diesmal hatte das Lächeln nichts Spöttisches.

Der gehörnte Figaro

Mein Name ist Suzanna. Ich habe die meiste Zeit meines Lebens in Diensten des Grafen Almaviva verbracht, auf seinem Schloss in der Nähe von Sevilla. Ich war erst Gehilfin in der Gärtnerei, dann die Zofe der Gräfin Rosina, dann ihre Kinderfrau, später noch die Kinderfrau ihrer Schwiegertochter, nachdem der junge Graf geheiratet hatte.

Aber alles der Reihe nach. Ich erzähle das alles nur, weil mich der Graf einmal mit ins Theater genommen hat. Ein brandneues Stück eines Franzosen, der ausgerechnet über die Geschichte von Almaviva und dem Figaro schon die zweite derbe Komödie geschrieben hatte. Nichts gegen die dichterische Freiheit, aber ich will jetzt auch erzählen, wie es wirklich war, ich war schließlich mittendrin.

*

Also, wo fange ich an: Ich bin eigentlich mit dem Figaro verheiratet, einem herumziehenden Barbier und Bartscherer, der dem Grafen früher einmal dabei behilflich gewesen sein soll, die Gräfin Rosina für sich zu gewinnen. Dafür hat er ihm erlaubt, fortan bei ihm im Schloss zu wohnen, was der Figaro auch einige Zeit getan hat, weil ihm ein dunkelhaariges, glutäugiges Dienstmädel gut gefallen hat, so sehr, dass er ihr sogar so lang um die Ehe nachgerannt ist, bis er dann am Ende als der Dumme dagestanden ist. Trotzdem hat er ihr die Treue gehalten, auch wenn es ihn immer wieder in die Fremde gezogen hat, er hat es ja nirgends lang ausgehalten, der Figaro. Ich denke, es ist klar, wer das Dienstmädel war. Wir sind immer noch verheiratet, und immer wieder einmal kommt er auch vorbei in Sevilla und bleibt ein paar Wochen oder Monate bei mir, seiner Frau. Mir ist es recht, ich habe meinen Platz im Leben gefunden, ich nehm es, wie es kommt.

So wie die Sache mit dem Grafen. Die Rosina, die Gräfin, war ja nicht dumm, also hat sie das schnell herausgehabt, dass der Graf keine drei Wochen gebraucht hat, um das neue Dienstmädel in seinem Bett zu haben. Ich bin das vierte Kind eines Blumengärtners in der Nähe von Sevilla, der es immerhin geschafft hat, der bevorzugte Lieferant des Grafen zu werden, was den üppigen Blumenschmuck bei seinen Festen betrifft. Ich hab immer wieder mal helfen müssen beim Liefern, eines Tages ist der Graf zufällig vorbeigekommen, als wir gerade in seinem großen Feststaal die Tafel für den Abend geschmückt haben. Ich war damals schon, wie man so sagte, ein bisserl überstandig, also war es Papa ganz recht, dass ich wenigstens „in eine Stellung" gehen würde, wenn mir schon keiner der Verehrer recht war, die er für mich immer wieder im Auge hatte.

Damals war ich noch jung, aber nicht blöd. Ich hab mir viel besser vorstellen können, dass mich der hübsche Graf früher oder später angreifen wird, als irgendein Bauer oder Töpfer oder Bürstenbinder. Mir hat auch das Schloss viel besser gefallen als die kleine Kammer, die ich im Vaterhaus hatte, und auch viel besser als das Schlafzimmer, in dem Papa mit Mama verkehrte, wie des Öfteren spät nachts nicht zu überhören war. Die zwei waren wie für einander gemacht, Mama war eine lebenslustige Frau, nebenbei auch ein bisserl lebenslustiger, als Papa wusste. Sie hatte nichts gegen Bauern, Töpfer und Bürstenbinder. Ob Papa wirklich mein Papa war, das wusste sie selber nicht so genau, wie sie mir einmal gestanden hat. Aber wichtig war ja nur, dass Papa das genau wusste, jedenfalls wusste er, dass er gewissenhaft daran gearbeitet hatte, zu der Zeit.

*

Also eines Tages lässt mich die Gräfin rufen. Ich wasch mich also gründlich, dass ich nicht nach dem Grafen rieche, von dem ich grad komme. Dann binde ich mir noch eine frische Schürze um, putz mir die Nase, mache mein Haar ordentlich zurecht und gehe ein bisschen bange zu den Appartements der Gräfin, wo mich ihre damalige Zofe, eine ältliche Frau mit Spitzenhäubchen und einer spitzen Nase in Empfang nimmt. „Geh gleich rein, sie wartet schon", sagt mir die, und ihre Stimme raschelt dabei wie zerbröselndes Pergament. Ich hol also noch einmal tief Luft und geh dann durch die große zweiflügelige Tür. Zum Glück macht die spitze Nase die hinter mir zu, denn ich bin viel zu beschäftigt mit dem unbeholfenen tiefen Knicks, den ich für die Frau Gräfin mache. Die prustet allerdings laut heraus, als ich mich dabei verstolpere und fast der Länge nach hinfalle.

Ich werd puterrot, aber die Gräfin lacht einfach weiter, so lang, bis ich auch mitlachen muss und mir gar nicht mehr auffällt, wie unpassend mein Auftritt ist. Oder wie man es halt nimmt. Sie deutet dann einfach auf den Stuhl neben sich, sagt „setz dich" zu mir, und ich denk mir noch, das passt zwar überhaupt nicht für ein Dienstmädel, aber sie schaut so freundlich dabei, dass ich mir denk, bitteschön, ein Dienstmädel muss vor allem machen, was die Herrschaft sagt, und setz mich halt hin. „Rosina", sagt sie plötzlich und unvermittelt. Ich warte einfach ab. „Ich bin Rosina", wiederholt sie, „und du heißt Suzanna?"

Ich sehe sie wohl ziemlich verdutzt an, denn sie fängt wieder zu lachen an. „Verzeih, Suzanna, ich spreche ein bisschen wirr, an das musst du dich gewöhnen. Ich möchte, dass du mich künftig Rosina nennst, und ich möchte, dass du meine Zofe wirst. Nur wenn du magst, natürlich." Ich bin ja sonst nicht auf den Mund gefallen, aber das ist eines der wenigen Male, wo ich sprachlos bin. Eine Weile sag ich gar nichts. Zofe der Gräfin, das ist momentan die ältliche Spitznase vor der Tür, sie ist für uns Mädeln und auch die Burschen eine Respektsperson, keine von uns, die nicht schon einmal ein paar auf den Hintern von ihr gekriegt hat, nach einer Lektion darin, wie man sich in einem Schloss benimmt.

Rosina beginnt zu reden, und bald hab ich es verstanden: Die Spitznase hat sie einfach bekommen, wie sie dem Grafen hierher auf das Schloss gefolgt ist und froh war, ihrem geizigen und wirrköpfigen Vormund zu entkommen, dem Bartholo. Rosina ist zwar adlig, ihre Mutter ist aber im Kindbett gestorben, und ihr Vater nicht viel später bei einem Jagdunfall, und so ist sie als Mündel zu dem Bartholo gekommen. Am Anfang hätt sie gar keine Zofe gebraucht, und dann, als sie gemerkt hat, in was für einem goldenen Käfig sie da sitzt, hat sie begonnen, sich nach jüngeren Leuten umzuschauen, damit der Spaß im Leben nicht mehr gar so kurz kommt. Was der Graf kann, kann ich auch, hat sie sich dabei immer gedacht, denn der Graf hat in ihr ja hauptsächlich eine standesgemäße Dekoration gesehen, er interessiert sich hauptsächlich für die Jagd, nach vierbeiniger ebenso wie nach zweibeiniger Beute.

„Was den Almaviva betrifft, brauchst du mich nicht anlügen, ich weiß, dass du ihm gefällst und er dir auch nicht übel", sagt sie plötzlich und ein wenig unvermittelt. Ich kenn sie natürlich noch nicht so gut und werd wieder puterrot, schau beschämt auf den Boden. Doch sie greift mir einfach unters Kinn, zwingt mich, ihr in die Augen zu schauen, und da seh ich nur Wärme und Güte. Ich schluck also noch einmal, zwinge mich, ihrem Blick standzuhalten und sag, „ja, das kann ich nicht abstreiten". Drauf sagt sie, wie gut ihr das gefällt, dass ich ein bisserl Mut in den Knochen hab und wohl auch ein bisserl Menschenkenntnis. Ich soll mir das also überlegen und mir so oder so mit dem Almaviva keinen Zwang antun. Und ob ich den Cherubin kenne. Ja schon, sag ich, und werd wieder ein bisserl rot, immerhin hat mich der schon nackig gesehen, wie ich beim Grafen war, aber der Cherubin ist sehr gut darin, einem das Gefühl zu geben, nicht zu sehen, was er natürlich sieht, also passt das schon.

„So, jetzt sag ich dir auch eins vom meinen Geheimnissen", sagt sie und schaut ein bisserl verschwörerisch. „Nichts, was du nicht in einer Woche sowieso wissen würdest, aber der Cherubin ist grad mein Favorit." Das ist der Zeitpunkt wo ich mir sicher bin, dass ich ja sagen werde. Also falle ich einfach theatralisch auf die Knie vor ihr: „Ich nehme Euer Angebot dankbar an, Gräfin Rosina, und werde …" Weiter komme ich nicht mehr, so muss sie lachen. „Du steh jetzt auf, Mädel, und mach das nie wieder vor mir. Wenn wir allein sind, nenn mich Rosina und sag du zu mir, und den ganzen Gräfin-Mist nur, wenn andere Leute dabei sind. Sonst krieg ich ein Problem mit dem Almaviva, der will das so, und es ist sein Schloss."

Gut, damit ist das klar. „Und was passiert mit der Spitznase?", frag ich noch, was die Rosina wieder einen Lachanfall kostet. „Spitznase, köstlich", sagt sie schließlich. „Die ist jetzt fast 60, die kriegt ein Ausgedinge vom Almaviva, die verlässt das Schloss nächste Woche." Sie greift nach einer Glocke. „Jetzt benehmen, Suzanna", sagt sie noch, bevor sie läutet, die Spitznase kommt herein und macht einen Hofknicks, dem man gut 45 Jahre ständige Übung ansieht. „Elvira, das ist Suzanna, meine neue Zofe. Führe sie bitte in ihre Pflichten ein, solange du noch da bist." „Sehr wohl, Euer Gnaden." Elviras Stimme klingt wieder genauso papierern und trocken, wie sie aussieht. „Und Elvira?" „Euer Gnaden?" „Sie ist die neue erste Zofe, nicht deine Magd. Haben wir uns verstanden?" „Sehr wohl, Gräfin. Haben Gräfin noch Wünsche?" Rosina würdigt sie keines Wortes mehr, macht nur eine unbestimmte Geste, Elvira knickst noch einmal und verlässt im Rückwärtsgang den Raum.

„Das Fossil werd ich echt vermissen", sagt Rosina und verbeißt sich, schon wieder lachen zu müssen. „Stell dir vor, vor der muss ich sogar den Cherubin verstecken, die hält mir immer Moralpredigten." Ich kichere. „Da wärst du bei mir allerdings falsch", sag ich. „Ich hab eine gewisse Lebenslust von meiner Mama mitbekommen." „Das erzählst du mir ein andermal, Suzanna, Aber bevor du gehst: Eine Bitte hätt ich noch." „Ja, Rosina?" Es fühlt sich noch ungewohnt an, sie so zu nennen, aber das muss ich sie ja nicht merken lassen. „Benimm dich ein bisserl bei der Elvira, auch wenn's schwer fällt. Lass ihr ihre Selbstachtung, bevor sie geht." Ich nicke. „Hätt ich sowieso", sag ich zu ihr. „Ich mag niemandem wehtun." Rosina nickt. „Ich glaub, ich hab eine gute Wahl getroffen. Und jetzt raus mit dir, aber lass das mit dem Knicksen, sonst brichst du dir noch was." Okay, aber dass ich es noch schaffe, über den Teppich zu stolpern, ist nur der Aufregung des Augenblicks geschuldet. Auf den Füßen halten kann ich mich sonst schon, meistens jedenfalls.

*

Ich sollte vielleicht noch erwähnen, warum wir nicht andauernd schwanger geworden sind, obwohl wir recht unbekümmert lebenslustig waren im Schloss. Das war zum großen Teil auch Verdienst von Elvira, die den Mädchen neben Benehmen vor der Herrschaft auch mit liebevoller Strenge beibrachte, was man als lebenslustige Frau so wissen musste, und auch diverse Hilfsmittelchen beisteuerte. Die Kosten bekam sie von der Gräfin ersetzt, die sich zu Beginn ihrer Ehe ebenfalls um Rat und Tat an Elvira gewandt hatte.

Am meisten hielt Elvira von Kondomen, die aus Tierdärmen hergestellt wurden, aber die konnten wir bestenfalls bei den Hausburschen an den Mann bringen, im Wortsinn. Ansonsten schwor sie auf kleine Schwämmchen, die mit einer Mischung aus Essig und allerlei Kräuterzeug getränkt waren. Für die sicheren roten Tage bevorzugte sie halbierte Zitronen, die auch gleich die Ferkelei verhinderten. Auch das mit den sicheren und unsicheren Tagen predigte sie unaufhörlich, und ihr „in die Kehle – ruhige Seele" war unter den Mädchen zwar ein viel bekichertes Wort, aber – Hand aufs Herz – welche Frau war noch nicht in der Situation, sich damit elegant aus der Affäre ziehen zu können?

*

Es wäre alles ganz einfach gewesen, wäre da nicht die Sache mit dem Figaro gewesen. Ich hätte ja nichts dagegen gehabt, ihn mir nebenher, neben dem Almaviva, als Liebhaber zu nehmen. Aber der Figaro ist ein hoffnungsloser Romantiker, er hat sich damals eingeredet, dass ich noch jungfräulich bin und er mich als seine unberührte Braut vor den Altar führen wird. Wie ich einmal nur angedeutet hab, dass ich das nicht unbedingt so genau nehmen würd, hat er gemeint, jetzt scherze ich aber, ich solle sowas nicht einmal im Spaß sagen und ihn stattdessen erst heiraten. Das wiederum war nicht so einfach: Nicht nur, weil ich nicht wusste, wie ich das mit der Jungfräulichkeit hinbekommen sollte, sondern weil ja der Almaviva ein Graf war und sein Gesinde daher seinen Segen für eine Heirat brauchte. Und nachdem der Figaro damit einmal beim Grafen abgeblitzt war, wollte er nicht noch einmal fragen. Also hatte ich einen Verehrer, der seine Erfüllung darin fand, mir unerfüllbar nachzuschmachten, statt mich ganz einfach mit in sein Bett zu nehmen. Aber das war halt der Figaro.

Aber dann kam alles ganz anders: Eines Tages nahm mich Rosina beiseite und vertraute sich mir mit einer ganz und gar unglaublichen Geschichte an: Sie, Rosina, wohne ihrem Gatten jetzt schon drei Jahre lang regelmäßig bei, aber es wolle einfach nicht klappen mit einem Kind. Sie wäre schon bei Elvira gewesen, in ihrem Ausgedinge, und bei einer anderen weisen Frau, und habe auch schon eine Bittwallfahrt zur Heiligen Jungfrau Maria gemacht, aber keine habe helfen können. Naja, und der Almaviva bräuchte jetzt langsam einen Stammhalter. Mir dämmerte schon einiges, doch ich wollte es von Rosina hören, also stellte ich mich dumm. Schließlich nahm sie sich ein Herz und fragte mich einfach, ob ich da vielleicht für sie einspringen könnte.

Ich brauchte fast ein halbes Jahr zum Überlegen, ich muss dazusagen, Rosina drängte mich nicht und machte auch nichts davon abhängig. Sie wartete geduldig. Eines Tages, wir saßen gerade an einem herrlichen Frühlingsabend im Garten, die Rosen dufteten, wir hatten uns Limonade gemacht, war ich so weit: „Rosina, wir müssen reden." Ja, ich würde das schon tun, doch da war noch die Sache mit dem Figaro. Mir schmeichelte das nämlich schon, dass er mich so verehrte, und er war auch ein lieber und lustiger Kerl, mit dem es sich leicht aushalten ließ. Und auf ewig wollte ich halt auch nicht das Mädel für einen jeden sein, das nützte sich ja mit der Zeit auch ab, außerdem warf selbst der Almaviva schon sein begehrliches Auge auf die jüngeren, die nachkamen. Aber wie ich das mit der Jungfrau hinkriegen sollte, da wusste ich jetzt noch weniger Rat als zuvor.

Rosina dankte mir erst mal und versprach, über die Sache nachzudenken. Ein paar Wochen später platzte sie fast, mir den Plan auseinanderzusetzen, den sie sich da ausgedacht hatte. Ich muss schon zugeben: Ein bisserl flau war mir schon im Magen, als ich das das erste Mal hörte. Rosina ließ mir Zeit, das zu verdauen, und als ich dann so weit war, besprachen wir das Ganze noch einmal mit dem Almaviva, der ja mitmachen wusste. Ihm gefiel die Idee, allerdings hatte er erst schwere Skrupel, den Part zu spielen, den er dabei dem Figaro gegenüber einnehmen musste. Wir ließen der Sache daher noch einmal ein paar Wochen Zeit, aber da niemand eine bessere Idee hatte, stimmte er zuletzt zu. Für mich sollte es kein Schaden sein, Rosina hatte den Almaviva dazu gebracht, mir zusätzlich zu einer Mitgift für den Figaro eine Summe für meine Dienste auszusetzen, die es mir ermöglichen würde, auch ohne Figaro bis zum Ende meiner Tage als freie Frau zu leben.

Ich sollte vielleicht dazusagen, dass die wirre Geschichte, die sich dieser französische Dichter da ausgedacht hat, nicht viel mit der Wirklichkeit zu tun hat, aber er musste sie ja wohl doch an der Zensur vorbeibringen, was mit der Wahrheit vielleicht nicht gegangen wäre. Oder er hat uns überhaupt nur als Vorlage genommen und einfach drauflos gedichtet. Wir werden es nicht mehr herausfinden, er ist jüngst verstorben, der Herr Dichter.

Also als Erstes musste ich den Figaro einmal dazu bringen, beim Grafen noch einmal um meine Hand anzuhalten. Er tat das dann, nachdem ich ihm im Vertrauen dazusagte, dass die Gräfin, die mir wohlgesonnen war, sich beim Grafen dafür verwenden werde. Es funktionierte alles nach Plan, der Graf hörte sich die Bitte des Figaro an und wollte ihm in angemessener Zeit seine Entscheidung mitteilen.

Dann kam mein Teil mit dem Almaviva. Es ist schon eine Sache, sorglos und unverbindlich einer schönen Nebensache nachzugehen, wie der Almaviva das nannte, aber eine ganz andere, sich auch auf die Folgen bewusst einzulassen. Ich musste noch ein paarmal ausführlich mit Rosina darüber reden, mich vergewissern, dass wir auf einem richtigen Weg waren, bis ich es schließlich schaffte, mit der nötigen Unbeschwertheit an die Sache heranzugehen. Und auch den Almaviva mitzureißen, der die ersten paar Versuche so verklemmt war, dass er nicht einmal mit den Künsten einer vertrauten und erfahrenen Geliebten, wie ich es ihm war, zu Schuss kam. Doch als diese Barriere überwunden war, konnte er plötzlich nicht genug vom „Dienst an der guten Sache" bekommen, was es immer schwieriger machte, sie vor dem Figaro geheim zu halten. Der hatte irgendwie Lunte gerochen und traktierte mich mit Andeutungen, der Graf steige mir nach und ich solle mich vorsehen und auf meine Ehre achten. Gut, da musste ich jetzt durch.

Schließlich war es so weit, ich hatte empfangen. Mehrere sichere Anzeichen überzeugten Rosina, mich und auch die weise Frau, der wir eine abgewandelte Geschichte auftischten. Je weniger Mitwisser, umso besser. Also ließ Almaviva den Figaro rufen und teilte ihm mit, er werde der Ehe zustimmen, aber bestehe auf seinem Recht der ersten Nacht. Für die, die es noch immer nicht von selber kapiert haben: Ich brauchte einen Grund, dass er mich nicht mehr entjungfern konnte, der Figaro, der so fest an meine Jungfräulichkeit glaubte. Der Figaro war erst außer sich und traute sich sogar, beim Grafen nachzufragen, aber der blieb natürlich unerbittlich. Es war gar nicht so einfach, den Figaro dazu zu bringen, dass er mir das erst einmal erzählte, sodass ich ihn dann bearbeiten konnte. Was nicht allzu lang dauern durfte, denn die Hochzeit würde in den nächsten Wochen sein müssen, damit der Plan aufging.

Endlich kam er kleinlaut zu mir, der Figaro, um mir die Botschaft des Grafen auszurichten. Und es war ein hartes Stück Arbeit, ihn davon zu überzeugen, dass ich ihn liebte und durchaus bereit war, dieses Opfer für ihn zu bringen. Er stimmte schließlich zu, doch es nagte an ihm, ich konnte das spüren. Dass ich ihn nicht mit den Mitteln einer Frau trösten konnte, lag allerdings an ihm. Und zu allem Überdruss tauchte dann noch der Bartholo im Schloss auf, eine Marceline im Schlepptau, und brachte eine ziemlich wirre Geschichte vor den Grafen, der Figaro hätte dieser Marceline die Ehe versprochen, falls er ihr ein Darlehen nicht zurückzahlen würde. Rosina, die schon fürchtete, dass das ganze Kartenhaus einstürzen würde, wandte sich an den Almaviva, ob er nicht dem Figaro meine Mitgift vorstrecken könne. Das ganze löste sich aber in Luft auf, als sich herausstellte, dass der Figaro der leibliche Sohn von Marceline und Bartholo war, der als Kind von Zigeunern entführt worden war. Ganz ehrlich und unter uns: Ich habe bis heute meine Zweifel, ob das so stimmt, aber Marceline wurde abwechselnd rot und blass, als Figaro ihr eine Art von Mal an seinem Unterarm zeigte, und brachte Bartholo dazu, nicht nur von seinen Behauptungen abzulassen, sondern seinerseits um ihre Hand anzuhalten.

Dem Almaviva, der sich all den Unsinn schon über zwei Stunden lang anhören hatte müssen, wurde es schließlich zu dumm. Er ließ nach dem Priester der nahe gelegenen Pfarrkirche rufen, läutete nach seinem Schreiber, der die Eheerlaubnis für mich und den Figaro ausstellte, und der Priester traute sowohl Figaro und mich als auch Bartholo und Marceline auf der Stelle, wir hatten nicht einmal Gelegenheit, aus unserer Arbeitskleidung zu schlüpfen und uns ein wenig zurecht zu machen. Wir gingen uns wechselseitig als Trauzeugen, damit alles seine Richtigkeit hatte.

Am Abend gab es dann immerhin noch eine kleine Feier im Garten des Schlosses. Wie der Dichter zutreffend beschreibt, gibt es dort ein paar uralte Kastanien und zwei Pavillons. Der Rest der wirren Geschichte, der er seinen Zuschauern da auftischt, ist frei erfunden. Almaviva und ich waren nach den Aufregungen des Tages hundemüde, wir mussten aber natürlich die Komödie für den Figaro bis zum Schluss durchhalten. Rosina verabschiedete sich also ein wenig früher und erbot sich, Bartholo und Marceline persönlich in ihr Nachtquartier im Schloss zu begleiten. Der Graf nahm mich in meinem hübschen weißen Kleid, dem einstigen Brautkleid Rosinas, am Arm und führte mich mit theatralischem Gestus zurück ins Schloss, und ein wenig blutete mir schon das Herz, dass ich den Figaro jetzt so allein zurücklassen musste.

Es war vereinbart, dass er am nächsten Morgen in der kleinen Wohnung auf mich warten würde, die er mittlerweile für uns beide eingerichtet hatte und die zwischen den Gemächern des Grafen und der Gräfin lag. Ich schlief in der Nacht natürlich nicht beim Almaviva, sondern in meiner eigenen Kammer. Ich konnte es kaum erwarten, den Figaro von seiner Qual zu erlösen, also huschte ich beim ersten Morgengrauen über die Flure und in die neue Wohnung, wo er mich schon sehnsüchtig erwartete. Ob er sich wunderte, dass ich recht genau wusste, was ich an diesem Hochzeitsmorgen mit ihm anstellte? Ich weiß es nicht, er jedenfalls hatte kaum Ahnung, was er tun sollte, erwies sich aber immerhin als erstaunlich gelehrig und zärtlich, beim dritten Mal hatte er den Bogen schon sehr gut raus.

*

Der Rest der Geschichte ist rasch erzählt: Als ich dann im dritten Monat war und man zumindest im Ehebett schon ganz gut sehen konnte, dass ich in anderen Umständen war, passierte genau das, was ich vorhergesehen hatte: Das Gesicht des Figaro wurde immer länger, je mehr er gewahrte, dass er jetzt nicht nur mich an sich gebunden hatte, sondern auch sehr bald ein drittes Bündel Leben. Er begann sich von mir zurückzuziehen, was mir mehr ins Herz schnitt, als ich mir zunächst eingestehen wollte. Nach eingehender Beratung mit Rosina beschlossen wir beide, umzudisponieren und mit dem Figaro jetzt schon reinen Tisch zu machen. Wir erzählten ihm also die Geschichte genau so, wie sie sich zugetragen hatte, sparten auch meine bewegte Vorgeschichte nicht aus, baten ihn um Verzeihung darum, ihn so dreist hinters Licht geführt zu haben und waren beide sehr bange, wie er auf diese plötzliche Änderung reagieren würde.

Seine Reaktion war typisch für den Figaro: „Ich muss jetzt erst mal fort von hier", sagte er ruhig und gefasst. „Ihr beide kommt ja wohl zurecht. Ich verspreche dir nichts, Suzanna, aber ich denke, ich kann von dir verlangen, dass du mir Jahr und Tag verbunden bleibst. Bin ich bis dahin nicht zurück, bist du frei. Wenn ich zurückkehre, entscheiden wir gemeinsam, was wir beide möchten." Nun, das schien mir nur fair, außerdem dachte ich, dass ich das nächste Jahr so und so andere Sorgen haben würde. „Geh nur, Figaro, aber nimm dir meine Liebe in einem kleinen Eck deines Herzens mit. Sie wird dir helfen, deinen Weg zu finden." Er nickte nur, umarmte mich noch einmal zum Abschied und war bereits gegangen, als Rosina mich an diesem Abend aus dem Dienst entließ.

*

Um Gerede zu vermeiden, übersiedelten wir bereits ein paar Tage später in ein einsam gelegenes Haus, etwa 20 Kilometer von Sevilla entfernt. Rosina und ich wurden in dieser Zeit zu wirklich engen Vertrauten, Almaviva besuchte uns von Zeit zu Zeit, doch die Sache zwischen ihm und mir war zu Ende, auch da brauchten wir beide keine großen Worte. Das gräfliche Ehepaar verbrachte sogar die ein oder andere Nacht miteinander. Als sich die Niederkunft ankündigte, kam Almaviva mit der weisen Frau aus der Stadt, und ich gebar ihm einen gesunden Sohn, seinen Stammhalter.

Obwohl er mit seiner Abfindung Wort hielt, blieb ich im Schloss. Rosina bat mich, die Rolle der Amme und Kinderfrau für ihren Stammhalter zu übernehmen, und wählte sich eine neue Zofe. Auch wenn ich ihr schwören musste, weder mit dem jungen Grafen noch mit sonst jemandem je über die Sache zu sprechen, ließ sie mir genügend Platz, dem Buben so etwas wie eine zweite Mutter oder Tante zu sein, womit er mit der Zeit gut umzugehen lernte. Rosinas neue Zofe war eine ältere, blässliche Frau, eine gelernte Schneiderin, der sie zwar die Verantwortung für ihre Garderobe bedenkenlos überließ: Ihre Vertraute blieb jedoch ich.

Und der Figaro? Der Figaro kam wieder, ein paar Tage, bevor die Frist endete. Wir brauchten eine Stunde, bis wir uns einig waren. Wir würden verheiratet bleiben, er würde kommen, wenn er Sehnsucht hatte, und gehen, wenn es ihm zu viel wurde. Ich würde dafür sorgen, dass unsere körperliche Liebe keine Folgen mehr haben würde, er konnte sich nach all dem Erlebten nicht mehr vorstellen, Vater zu werden. Was sich gut traf, weder wollte ich ein weiteres Kind, noch konnte ich mir das mit dem Figaro vorstellen.

Ich weigerte mich, ihm Treue zu versprechen oder sie von ihm zu verlangen. Dennoch war ich ihm mein weiteres Leben lang treu, und ich denke, er mir auch. Er war und blieb ein hoffnungsloser Romantiker, der Figaro.

Die Seeräuber-Jenny

Die Seeräuber-Jenny, da klingelt es wahrscheinlich bei Ihnen. Ja richtig, ist das nicht die aus dem Theaterstück, die viel beklatschte Uraufführung '28 in Berlin, mit der sich der neue Theaterdirektor dort gleich mal einen Namen machte? Die und ein gewisser Mackie, der nur als Mackie Messer weltberühmt wurde, obwohl er irgendwie ganz anders hieß. Hier in Hamburg war das Stück das Jahr darauf auch zu sehen gewesen, Jenny und ich sahen es gerade noch im Herbst, nur Tage vor dem Börsenkrach, nach dem dann die Dinge erst so aus dem Ruder liefen, wie der Dichter es schon vorweggenommen hatte. Später war das Stück dann verboten, und nach Kriegsende war dann Theater ziemlich weit unten auf dem, was von unserer Wunschliste ans Leben noch übrig geblieben war.

Aber alles der Reihe nach. Ich bin der Markus, geboren 1895 mitten in St. Pauli. Ich ging hier ganz normal zur Schule und konnte auch einen Beruf lernen, ich bin Schriftsetzer und habe das auch eine Zeitlang gemacht, bis die Druckerei geschlossen wurde, bei der ich beschäftigt war, und die anderen Druckereien in der Stadt deswegen auch nicht 50 Setzer mehr brauchten als vorher. Das war '25 gewesen, ich verbrauchte erst die paar Monate Arbeitslosengeld und hielt mich seitdem mit Gelegenheitsarbeiten im Hamburger Hafen über Wasser. Da lernte ich auch die Jenny kennen, in einer Hafenkneipe, wo ich abends bei einem Bier oder zwei mit ihr über den Tresen ins Gespräch kam. Und dann auch gleich in ihr Bett, das soll hier nicht verschwiegen sein.

Jenny, die hieß eigentlich Gertrud, sie war sieben Jahre jünger als ich und stammte von einem Bauernhof in Nordrhein-Westfalen. Beruf hatte sie keinen, ihre Kindheit und Jugend war bestimmt gewesen von Kühen, Schweinen, drei Geschwistern, einem versoffenen Vater und einer Mutter, die sich nach Kräften bemühte, den Ruin vom Hof abzuhalten. Da sie mit 21 immer noch keinen Mann hatte, gaben ihr ihre Eltern eines Tages ihre spärliche Mitgift und baten sie, den Hof zu verlassen, weil er sie nicht mehr trüge. So packte sie, was sie hatte, in einen Seesack, kaufte sich ein Busbillett und fuhr nach Hamburg, ohne große Idee, was dort anfangen. Es dauerte keine Woche, bis sie zur Hure geworden war: Frieda, eine Kriegerwitwe aus dem Ersten Weltkrieg, die von ihrem Mann ein Zinshaus im Hafenviertel geerbt hatte, betrieb darin eine kleine Pension, in die es Jenny für den Anfang verschlagen hatte. Sie bot der jungen Frau freie Kost und Logis dafür, dass sie sich den Seeleuten gefällig zeigte, deren Schiffe gerade im Hafen lagen. Und so war sie auch zu ihrem Namen gekommen. „Eine Gertrud will keiner verlustrieren", hatte die Wirtin konstatiert. „Du bist Jenny, das ist der Duft der weiten Welt." Gertrud musste erst lachen, weil sie das Wort nicht kannte. Ansonsten war es ihr gleich, so wie sie auch das andere kaum berührte, das Mausen oder Pudern, wie man bei ihnen am Land damals sagte. Sie mochte es, die meiste Zeit jedenfalls, und wie sie die Folgen verhindern konnte, die sie womöglich zu einer Heirat auf einen der Nachbarhöfe gezwungen hätte, das hatte ihr ihre Mutter seufzend, aber gründlich beigebracht, nachdem sie ihre jüngste Tochter das erste Mal auf dem Heuboden erwischt hatte und mit Appellen an die Moral keinerlei Erfolg gehabt hatte.

Im Winter '24 lag Jenny mehrere Wochen mit einer schweren Grippe im Bett. Frieda ließ ihr zwar widerwillig einen Arzt kommen und bezahlte ihre Medikamente, aber da wurde Jenny klar: So konnte sie nicht weitermachen. Über Friedas Vermittlung bekam sie eine Stelle als Barfrau in einer der Seemannskneipen und damit eine Krankenversicherung. Für ihr Zimmer bezahlte sie fortan selber, und huren konnte sie in der Kneipe nebenbei auch. Der Besitzer verlangte nicht einmal Geld für das lausige Hinterzimmer, solange Jenny es selbst in Ordnung hielt.

Jedenfalls ging mir das Mädel nicht mehr aus dem Kopf, damals im Mai '27, und obwohl ich eigentlich kein Geld für sie hatte, besuchte ich sie ein paar Tage später wieder. Es war wenig los, wir redeten bis lang nach Mitternacht, und bevor ich ihr beichten könnte, dass ich für mehr als die Bier kein Geld hatte, sah sie mich schon ernst an: „Markus", sagte sie, „ich mag dich nicht übel. Ich bin mutterseelenallein hier in Hamburg, und du siehst mir auch nicht nach Frau, drei Kinder und Hund aus, also warum tun wir uns nicht zusammen, solange es passt? Und dein Schaden soll's auch nicht sein." Ich weiß nicht, war es der Frühling, oder die Vorsehung: Ich sagte einfach „ja, warum nicht?" drauf. Die Nacht werde ich jedenfalls nie vergessen: Wenn eine Hure liebt, sagen sie, und jede Silbe davon ist wahr.

Anfangs änderte sich rein äußerlich nichts, doch eines Tages kam sie mit der Neuigkeit, dass in dem Haus, in dem auch Friedas Pension lag, eine kleine Wohnung frei wäre. Und wenn wir beide zusammenlegten, müsse sich das doch machen lassen. Immerhin Zimmer-Küche, damals für zwei Leute nicht schlecht. Vier Wochen später zogen wir dort ein. Frieda log Jenny vor, wir seien bereits verlobt und würden bald heiraten. Was wir dann ein Jahr später ja auch taten. Kind wollten wir allerdings keins, und Jenny wusste als Hure ja auch, wie sie das anstellen musste, obwohl sie nach der Hochzeit mit der Hurerei aufhörte, zumindest hatte sie das immer vor. Nun, alles wollte ich nicht so genau wissen.

Irgendwann '27 kamen dann zwei ziemlich kauzige Kerle aus Berlin in die Kneipe, als ich gerade bei Jenny am Tresen saß. Sie wirkten wie aus einer anderen Welt, beide trugen etwas schäbig gewordene Anzüge und runde Brillen auf der Nase. Der eine von ihnen redete andauernd wie einer dieser Arbeiterprediger, die in der Zeit überall herumliefen, der andere war eher in sich gekehrt. Ich war zu der Zeit zur Abwechslung mal Rausschmeißer in einem Puff auf der nahe gelegenen Reeperbahn und war dort unter dem Namen Mack mit dem Messer bekannt. Wobei das mit dem Messer so nicht stimmte. Wenn wir beide gewusst hätten, dass sich die beiden dann in ihrem Theaterstück über uns lustig machen, hätten wir ihnen nicht so viel erzählt über uns, aber eigentlich war es ja auch wieder gleichgültig. Wer hätte den Zusammenhang zu uns herstellen können?

Das ganze lief zunächst immer besser, ich fand sogar wieder eine Stelle als Setzer in einer kleinen Druckerei, und wir konnten uns leisten, dass Jenny in ihrer Kneipe kündigte und nur mehr in einem der besseren Hafenhotels beim Frühstück servierte. Wir begannen also zu so etwas wie ehrbaren Bürgern zu werden, gingen Samstags auch mal aus und genossen relativ sorgenfrei unser Leben. Gelegentlich besuchten wir auch Jennys Mutter auf ihrem Bauernhof, der versoffene Vater war schon vor Jahren verstorben, wenig später war auch der Bauer des Nachbarhofes Witwer geworden, da hatte man rasch eins und eins zusammengezählt, gemeinsam mit den beiden männlichen Kindern eine gute neue Aufteilung gefunden und die Töchter unter die Haube gebracht. Sogar die bockige Gertrud.

Der Winter '29-'30 traf uns dann wie ein Blitzschlag: Was immer in der Welt sonst herum geschah, Jenny und mir zog es von einem Moment auf den anderen den Boden unter den Füßen weg. Mein Chef, der Druckereibesitzer, wurde am Morgen des 2. Jänner '30 tot in seinem Büro aufgefunden. Die Angehörigen fanden schließlich heraus, dass er mit Firmengeldern und fremdem Vermögen spekuliert hatte und vollkommen überschuldet war. Der Betrieb wurde sofort geschlossen und alles von Wert versteigert. Jenny verlor im Monat darauf ihre Arbeit im Hotel, das seine Pforten mangels zahlungskräftiger Gäste ebenfalls schloss. Die Illusion vom raschen Arbeitslosengeld platzte ein paar Tage später: Am zuständigen Arbeitsamt stand die Schlange dreimal ums Haus, und als wir uns mit Abwechseln beim Warten endlich durchgekämpft hatten, der Bescheid:

Ja, Anspruch bestehe, wir sollen aber nicht vor in ein paar Monaten rechnen, so groß sei bereits der Rückstand bei der Buchhaltung und Auszahlung. Auf die Frage, wovon wir essen und Wohnung zahlen sollten, resigniertes Schulterzucken: Immerhin, wir sollen froh sein, es zu ihm geschafft zu haben, die Schlange werde täglich länger.

Es waren die Frauen, die die Sache nach ein paar Tagen schließlich in die Hand nahmen: Es stellte sich heraus, dass es im Haus einige Paare gab, die in ganz ähnlicher Situation waren wie wir. An einem der nächsten Abende setzten sie sich zusammen, unsere vier Frauen und Frieda, die Hausherrin. Spät nachts kam Jenny zurück in die Wohnung, in ihrem Ausdruck lag etwas von grimmiger Entschlossenheit. „Und?", fragte ich. „Morgen", sagte sie, „wir besprechen das alle gemeinsam. Jetzt erst mal ..." Ihr Ausdruck wechselte plötzlich wieder. Ich kannte das, ein Schauer spontaner Erregung ergriff von meinem Körper Besitz, als sie ohne besondere weitere Umstände begann, ihre Bluse aufzuknöpfen. Und es wurde eine Nacht, wie man sie ein Leben lang nicht vergisst, erst im Morgengrauen schliefen wir beide erschöpft und vollkommen befriedigt ein.

Die Ernüchterung kam rasch genug, am nächsten Nachmittag und drei Uhr trafen wir alle zusammen: Liselotte, Hildegard, Maria und Jenny, dazu Frieda; Karl, Franz und Jakob, die drei zugehörigen Männer, und ich. „Da wir sonst nichts zu verkaufen haben, werden wir uns selbst verkaufen", eröffnete Jenny ziemlich ansatzlos die Diskussion. „Zum Glück haben wir Frauen zumindest diese Möglichkeit." Die aufkommenden Proteste der Männer erstickten die drei im Keim. „Bevor wir weiter darüber reden, zieht eure Jacken und Stiefel an, wir wollen euch etwas zeigen." Bald waren wir zu acht außer Haus, die Frauen führten uns erst zur lutherischen Kirche von St. Pauli, vor der die Diakonie eine Suppenküche aufgebaut hatte. Doch was uns wirklich schockierte, war die endlose Dreierreihe von fahlen, hohlwangigen Menschen, die geduldig anstanden, mit einer kleinen Schale in der Hand, die Rücken gebeugt, die Augen voll Scham zu Boden gesenkt. Die Frauen blieben volle zehn Minuten hier stehen, sprachen kein Wort. Auf dem Rückweg führten sie uns noch an den Landungsbrücken vorbei, unter denen schon jetzt, um vier Uhr Nachmittag, ein Gedränge um einigermaßen trockene Schlafplätze zu herrschen schien. Zwei Wachleute mit Pickelhauben und Schlagstöcken beobachteten das Treiben, mischten sich aber nicht ein, da alles friedlich zu verlaufen schien. Nach zehn Minuten, die uns wie eine Ewigkeit vorkamen, verließen wir auch diesen Ort und kehrten zu unseren Wohnungen zurück.

„So, reden wir darüber, was ihr zum Gelingen unseres Plans beitragen könnt." Keiner von uns Männern sagte noch ein Wort, Jenny blickte noch einmal in jedes Gesicht, wartete auf ein stummes Nicken oder ein verhaltenes „ja sicher". Dann erst sprach sie weiter. „Frieda hier hat sich bereit erklärt, unseren Plan mit zwei ihrer Pensionszimmer zu unterstützen. Voraussetzung ist, dass wir uns selber um Sauberkeit und Wäschewechsel kümmern. Wie wir das machen, haben wir Frauen schon abgesprochen." Sie wartete einen Augenblick, doch niemand wagte sie zu unterbrechen. „Ihr Kerls könnt euch um zwei Dinge kümmern: Erstens, um die Sicherheit. Ihr seid alle gestandene Mannsbilder, und einer von euch sollte immer sichtbar sein, wenn Freier da sind. Denkt ihr, ihr bekommt das hin?" Wir vier sahen uns kurz an, das schien kein Problem zu sein. „Ja, das können wir", sagte ich schließlich, und die drei anderen nickten dazu. „Und zweitens: Wir brauchen natürlich Freier. Da gibt es jetzt zwei Möglichkeiten: Entweder wir stellen uns am Abend selber in die Seitengassen und halten Ausschau." Die drei anderen Männer schienen mir momentan vollkommen eingeschüchtert. Gut, sie kannten Jenny nicht so gut wie ich. „Oder?", fragte ich schließlich. „Oder ihr sprecht die Freier selber an und bringt sie her. Was noch einen weiteren Vorteil hätte." Ich beschloss, die drei anderen Männer vorerst zu ignorieren. „Die Polizei, vermute ich. Wir werden das nicht in schwarzen Netzstrümpfen und roten Stöckelschuhen tun."

Wenn die Not groß ist, läuft offenbar die menschliche Psyche zur Hochform auf. Irgendwie bewirkte dieses absichtslos hingeworfene Bild, dass sich die Spannung, die im Raum lag, schlagartig auflöste. Die drei Männer lachten plötzlich so herzlich, dass die Frauen schließlich auch mit lachen mussten. Dadurch verpassten wir jede weitere Gelegenheit, uns gegen den Plan auszusprechen. Frieda stand schließlich auf. „Ich sehe, Kinder, ihr braucht mich hier nicht mehr. Ich wünsche euch viel Glück, und solang mir nicht selber die Luft ausgeht, werde ich euch nicht fallenlassen. Toi, toi, toi." Damit war sie auch schon aus dem Gemeinschaftsraum verschwunden.

„Und habt ihr jetzt noch Fragen? Wenn nicht, würden wir morgen beginnen. Was den heutigen Abend anbelangt" Jenny blickte grinsend in die Runde. Was denn jetzt noch? „Hier steht ein Kasten Bier. Ihr werdet jetzt unter euch sein wollen, Männers, das war jetzt ein bisschen viel auf einmal. Redet, nehmt eins oder zwei, lasst euch Zeit, aber besauft euch nicht. Und wenn ihr rechtzeitig oben seid ..." Hach, und ich schmolz schon wieder dahin. Jenny war eine geborene Hure, doch sie liebte mich, und ich liebte sie. Wir tauschten kurze Blicke aus. „Es liegt an euch", sagte sie dann noch, und dann waren auch die vier verschwunden.

„Also eins geht ja immer." Wenn's ums Saufen ging, war Karl immer der erste dabei. Das Bier war noch eiskalt, wie immer die Frauen das gezaubert hatten, wie poppten die Bügelflaschen auf und stießen an, jeder trank einen großen Schluck. „Verdammt", sagte Jakob, der jüngste von uns. „Das hätt' ich mir träumen lassen, als ich die Maria vor zwei Jahren vor den Altar geführt hab. „Jungfrau war sie da noch, ich hab sie dann selber in der Hochzeitsnacht ..." Wir schwiegen eine Weile, fast peinlich berührt, dass er seine Gefühle so offen zeigte. „Aber Mut haben die Weiber, das muss man ihnen lassen." Es war Franz, der sich jetzt zu Wort meldete. „Ich versteh dich, Jakob, auch wenn Hilde schon eine junge Witwe war. Da ist das alles anders." Wir vier lachten heiser, tranken unser Bier aus. „Ich glaub, dass ich mein erstes Mal bei Jenny bezahlt habe, wisst ihr ja alle schon", sagte ich schließlich. Drei Augenpaare sahen mich ungläubig an, sie konnten das auch nicht wissen, ich hatte nie darüber gesprochen. Karl sammelte nur stumm die leeren Flaschen ein und gab noch eine zweite Runde aus. „Ah drum führt sie das Wort. Ich hab mich schon gewundert." Er schwieg eine Weile. „Aber das ist die letzte, sonst krieg ich ihn nicht mehr hoch bei meiner Lilo." Wir nutzten die verlegene Pause, die Flaschen aufzupoppen und wieder anzustoßen. „Es ist Scheiße, aber es ist, wie es ist", sagte Franz jetzt. „Die Gestalten vor St. Pauli sind mir echt unter die Haut gegangen." Alle nickten, wir tranken wieder still.

„Und wie ist das, wenn?", fragte Franz schließlich sehr leise. Wir schauten ihn an. „Wenn es bei einer einschlägt, oder wie ihr da sagen wollt." Tatsächlich hatten wir über das Thema noch nicht gesprochen, nur Jenny hatte mir mal angedeutet, dass sie recht gut mit dieser Frage zurechtkam. „Ich denk mir, Jenny wird es den anderen schon beibringen. Wir sind jetzt zwei Jahre zusammen, ohne …" Wir Männer sahen uns an, jedenfalls hatten es alle vier Frauen geschafft, dass wir noch nicht Vater waren. „Gummis?", fragte Jakob schließlich. „Bei uns nicht", sagte ich. „Hat ja keiner was davon", sagt Jenny immer. „Aber Genaueres weiß ich auch nicht." Wir schwiegen eine Weile, ließen das Bier auf uns wirken, tranken schließlich den letzten Schluck aus. „Ihr drei teilt euch mal morgen früh die Sicherheit", sagte ich noch. „Ich versuch mein Glück auf der Straße, da reicht fürs Erste einer." Wir räumten noch die Flaschen in den Kasten, dann gingen wir stumm unserer Wege. Ich musste allerdings schmunzeln, als nicht Jenny, sondern die süße Hilde in meinem Schlafzimmer fand. „Ich will, dass du mein erster ‚anderer' bist und nicht irgend ein Schwanz", säuselte sie, und man merkte, sie hatte sich ihre Sicherheit auch mit mehr als nur einem Likör angetrunken. „Und wo ist meine Jenny?", fragte ich noch, doch Hilde kicherte nur. „Das war ihre Idee, aber wir wollen's vor unseren eigenen Männern für uns behalten, wer uns …" Ich sah sie erst erstaunt, dann amüsiert an. „Na dann, an mir soll's nicht scheitern." Tat es dann auch nicht, die kleine Blondine, die meist so unschuldig tat, hatte es faustdick hinter den Ohren und wusste sehr genau, was sie mit mir anstellte. Und eine vollkommen glatt rasierte Maus hatte ich bis zu dieser Nacht auch noch nicht gesehen, was mich noch zusätzlich zur Hochform auflaufen ließ.

Am nächsten Morgen erfuhr unsere geniale Planung gleich einmal eine Änderung. „Vormittag? Das glaubst du wohl selber nicht", ätzte Jenny, die irgendwann um acht zurückgekommen war, Hilde höflich aus ihrem Bett komplimentierte, ansonsten aber kein Wort darüber verlor, bei wem sie gewesen war. „Vor dem späten Nachmittag brauchst du nicht zu beginnen. Und wir zielen auch auf keine Seeleute ab. Sondern auf feine Pinkel, die noch Geld haben. Viele wollen den Schampus und die Stripperinnen nicht mehr extra zahlen, wir bieten nur, was sie wollen, aber sicher nicht zum Seemannstarif. Außerdem ist Frieda sowieso erst ab vier da, die brauchen wir ja für Empfang und Vorauskasse." Nun gut, da gab es nichts zu verhandeln, ich ließ noch eine halbe Stunde weitere Instruktionen über mich ergehen, dann hieß es erst mal abwarten.

Doch Jenny sollte recht behalten: gegen fünf füllten sich die Seitengassen der Reeperbahn mit Herren in Geschäftsanzügen und eleganten Mänteln, die scheinbar ziellos herumzogen. Schon der zweite, den ich ansprach, war ein Volltreffer, ich brauchte ihn nur mehr zur Pension zu schicken, wo ihn Frieda in Empfang nehmen würde. Bald hatte ich den vierten an der Angel, und jetzt schien es mir Zeit, vorerst einmal eine Pause einzulegen und in der Heimatbasis nachzufragen. Frieda zeigte sich zufrieden, obwohl sie kurzfristig noch ein drittes Zimmer hatte frei machen müssen. Karl und Franz saßen im Aufenthaltsraum der Pension, wo sie von jedem Ankömmling gesehen werden konnten. Ich gesellte mich zu ihnen und trank ein Bier, bevor Jenny vorbeischaute und mich ermahnte, nicht nachzulassen. Ich machte mich also wieder auf die Runde, diesmal war es schon etwas schwieriger, weil auch die Straßenkeiler der bereits geöffneten Etablissements herumschwirrten und im selben Revier zu fischen versuchten. Ich lernte sehr rasch, mich von der unmittelbaren Umgebung der großen Platzhirschen fernzuhalten, nachdem mir zwei Herren in Schwarz das nachdrücklich nahegelegt hatten.

Insgesamt konnte ich aber an meinem ersten Abend immerhin neun Herren zur Pension schicken, von denen dann tatsächlich acht auch konsumiert hatten. Jenny, die Routinierte, hatte drei von ihnen genommen, Liselotte und Hildegard je zwei und Maria nur einen. Wir setzten uns spät am Abend noch zusammen und öffneten zur Feier des Tages zwei Flaschen Sekt, natürlich keinen Champagner. Die Euphorie des Anfangserfolges überdeckte an diesem Abend das Gefühl der Eifersucht, der narzisstischen Kränkung, die später bei allen vier von uns Männern nicht ausblieben. Doch wenn es gar nicht mehr ging, nahmen uns unsere Frauen wieder an der Hand und führten uns immer wieder zu der langen Schlange vor der Suppenküche von St. Pauli, zu den Schlafsäcken unter den Landungsbrücken, bis wir begriffen hatten: Es gab Abstufungen der persönlichen Kränkung, und wir waren noch lange nicht am unteren Ende angelangt.

Eine Zeitlang behielten wir auch das anfängliche Ritual bei, unsere Frauen auch untereinander zu tauschen, wenngleich sich das auf die Vormittage verlegte. Das machte uns bei aller narzisstischen Kränkung, die wir erfuhren, auch ein Stück weit zu Akteuren, zu Tätern in dem Spiel, in dem wir sonst nur zum Zuschauen verdammt gewesen wären. Und ein bisserl verliebte ich mich dabei schon in die süße Hilde, die ja auch die erste Partnertauschnacht mit mir verbracht hatte. Doch nach einem halben Jahr verloren wir nach und nach das Interesse an dem Spiel, und unser interner Partnertausch hörte sich auf, ohne dass wir hätten besonders darüber reden müssen.

Natürlich gab es auch Rückschläge: Die ein oder andere Nacht in Polizeigewahrsam, schlechtes Wetter, das die Spazierlaune trübte, einmal sprachen auch zwei Polizisten in Pickelhauben in der Pension vor und begehrten Auskunft, ob hier ein Geheimbordell betrieben würde. Doch nichts, was man nicht mit ein bisschen Kohle oder ein bisschen Nettigkeit seitens unserer Frauen hatte regeln können. Im Grunde schien es, als sei die junge Deutsche Republik froh, dass wenigstens ein paar Mäuler Wege gefunden hatten, ohne ihre Hilfe satt zu werden, und fragte nicht allzu genau nach dem wie.

Eineinhalb Jahre später war das Gröbste überstanden, und nach und nach fanden alle von uns wieder reguläre Beschäftigung. Während es Maria und Hildegard nicht schnell genug gehen konnte, dass sie von der Hurerei wieder wegkamen, sahen Liselotte und vor allem Jenny das deutlich gelassener. Beide lehnten – natürlich mit der Zustimmung ihrer Männer – einige schlechte Angebote ab, bevor sie etwas fanden, was ihnen wirklich zusagte. Jenny kam wieder in dem Hotel unter, in dem sie vor der Krise Frühstück serviert hatte, Liselotte fand als Schneiderin Anstellung in einem Modesalon. Und auch ich wurde bald wieder fündig, als die rapide zunehmende politische Agitation und Verschärfung des Klimas zu einer wahren Flut an neuen Büchern, Broschüren und Pamphleten führte, die alle irgendwo gedruckt werden mussten.

Unlängst haben wir unsere Silberhochzeit gefeiert. Uns Männern ist durch unser Alter eine Teilnahme am Krieg weitgehend erspart geblieben, und es ist uns gelungen, alle vier Paare und auch Frieda, die schon weit über 70 ist, zu unserer Feier zusammenzubringen. natürlich in der lutherischen Kirche von St. Pauli, die nach Reparatur der Kriegsschäden gerade wieder neu eröffnet worden ist. Und wie wir dann die Nacht verbracht haben, in der Etage der Pension, die Frieda für uns freigemacht hat, das kann nur verstehen, wer unsere Geschichte kennt. Nur so viel sei zum Schluss noch verraten: Ich habe mein Wiedersehen mit Hilde sehr genossen.

Die schöne Helena

Ich bin Menelaos, König von Sparta. Sparta, das ist eine relativ kleine Stadt, die südlichste Siedlung auf der riesigen Halbinsel des Peloponnes, die von der mächtigen Stadt Mykene beherrscht wird. Im Vergleich zu Mykene ist Sparta nicht viel mehr als ein größeres Dorf rund um die Stadtburg, den Sitz des Königs. Sparta hat keine Befestigungsanlagen, denn Sparta ist vor allem eins: eine Stadt der Krieger. Sieht man von den unfreien Bauern ab, die die Last der Versorgung zu tragen haben, werden junge Männer schon von klein auf in der Gemeinschaft erzogen und zu soldatischen Tugenden angehalten. Bei den Mädchen ist die Erziehung etwas weniger streng, aber auch bei ihnen steht körperliche Ertüchtigung ganz oben auf dem Erziehungsprogramm, weshalb Sparta dafür bekannt ist, außergewöhnlich schöne junge Frauen großzuziehen, die bei Fürsten aus ganz Griechenland begehrt sind.

Die Ereignisse, von denen ich hier berichte, sind jetzt bald zwanzig Jahre her. Helena. Meine Ehefrau, um die sich der ganze letzte Krieg drehte, ist immer noch die Königin von Sparta. Doch trotz der Genugtuung, die ich im Kriege letztlich erfahren habe, ist unser Verhältnis kühl. Ich finde, was ich brauche, bei einigen Sklavinnen des Palastes, sie sucht gelegentlich Ablenkung bei den reichlich verfügbaren Kriegern. Nun, es ist, wie es ist, manche Wunden sind zu tief, um jemals vollständig zu heilen.

Zu der Zeit, von der ich erzähle, hatte mein Bruder Agamemmnon gerade den Thron unserer Heimatstadt Mykene bestiegen, nachdem Tyndareos, der König Spartas, ihm geholfen hatte, den Mörder unseres Vaters Thyrestes zu besiegen und zu verbannen. Agamemmnon, der ältere von uns beiden, war von klein auf in der Gewissheit erzogen worden, eines Tages Herrscher zu werden, und fand sehr rasch in die Rolle des Königs dieser regionalen Großmacht. Mit eiserner Hand eliminierte er die Reste seiner Gegner, sorgte aber ansonsten dafür, dass in der Stadt wieder Optimismus einzog und sich Wirtschaft und Künste sehr bald wieder entfalten konnten.

Nun war das ja für ihn gut und schön, aber für mich blieb in Mykene nicht mehr als die Rolle eines bedeutungslosen Prinzen. Ich hätte natürlich damit zufrieden sein und meine Tage mit Wein, Weib und Gesang verbringen können, doch das lockte mich damals nicht sehr. Außerdem hatte ich während unseres Exils in Sparta ein wunderschönes Mädchen kennengelernt, damals noch ein Kind, doch mittlerweile wohl schon zur jungen Frau herangereift. Was hatte ich schon zu verlieren? Ich bat meinen Bruder also um Urlaub, den er mir großzügig gewährte, und reiste wieder nach Sparta.

Dort stellte sich rasch heraus: Ich war keineswegs der einzige, dem diese außergewöhnlich schöne junge Frau aufgefallen war. Am Hof des Tyndareos tummelte sich eine ständig wechselnde Schar von mehr oder weniger offenen Brautwerbern, nicht wenige davon Könige oder Königssöhne, die auf eine Gelegenheit warteten, die Aufmerksamkeit der Schönen auf sich zu ziehen. Was damals schon nicht sonderlich schwierig war, sie zeigte bereits früh lebhaftes Interesse am männlichen Geschlecht, was allerdings wenig bewirkte, denn die Ehre einer Königstochter ist eine wichtige Handelsware im Geschäft der Politik, und sie zu verlieren, konnte man natürlich nicht ins Belieben einer der Tändelei sehr zugeneigten jungen Frau stellen. Daher war Helena ständig streng bewacht, und auch wenn sie immer wieder kleine Heimlichkeiten pflegte, an denen auch ich bisweilen Anteil und Vergnügen hatte, gelang es keinem, ihrem Lager auch nur nahe zu kommen.

Doch Helena war jetzt schon einige Jahre in dem, was man das „heiratsfähige Alter" nennt, und so konnte Tyndareos die Augen nicht mehr länger vor dem Problem verschließen. Er rief also alle griechischen Fürsten von Stand zusammen und nahm ihnen einen Eid ab: Wen immer Helena wählen würde, sie würden ihre Wahl akzeptieren und künftig das Paar vor Nebenbuhlern schützen. Den Plan hatte sich Odysseus ausgedacht, der junge König der Insel Ithaka, ein verschlagener Sonderling, der als Gegenleistung für diese Idee den Tyndareos gleich einmal dazu brachte, ihm den Weg ins Bett der schönen Penelope zu ebnen, einer schon etwas überstandigen Tochter spartanischer Edelleute, die er dann heiratete und auf seine Insel heimführte. Wir anderen mussten schließlich vor der Indifferenz von Helenas Vater kapitulieren, mit der dieser letztlich sein Königreich vor künftigen Kriegen schützen wollte, und leisteten daher den Eid, der allerdings auch dem Odysseus selbst nicht erspart blieb.

Helena ließ sich nicht allzu lang Zeit mit ihrer Entscheidung: Sobald eine schickliche Spanne von einigen Monaten abgelaufen war, gab sie sehr zu meinem Erstaunen bekannt, dass ihre Wahl auf mich gefallen war und nicht auf einen der glamourösen Könige, die sie sofort als Königin heimgeführt hätten. Erst später wurde mir klar, warum: Als Königin in einem fremden Land hätte man sie nur allzu leicht in einen goldenen Käfig sperren können, hier in ihrer eigenen Stadt hatte sie deutlich mehr Freiheit.

Dennoch: Wir verlebten zwei Jahre glücklicher Verliebtheit miteinander, schließlich empfing und gebar sie uns auch eine gemeinsame Tochter, die wir Hermione nannten. Doch nach deren Geburt teilte sie mir mit, sie werde mir aufgrund der Strapazen, die ihr das Neugeborene auferlegte, bis auf Weiteres nicht mehr beiwohnen, und empfahl mich in Sachen meiner männlichen Bedürfnisse zwei ihrer Dienerinnen an. Die, so viel muss ich anerkennen, ließen nicht nur keine diesbezüglichen Wünsche offen, sondern zeigten auch offensichtliche Freude an der Sache. Zudem war ich auch davon einigermaßen in Anspruch genommen, dass mich die Volksversammlung nach dem plötzlichen Tod des Tyndareos zum neuen König Spartas gewählt hatte, was mich mangels irgendwelcher Vorbereitung auf ein solches Amt vor größere Herausforderungen stellte.

Dennoch geriet ich einigermaßen aus der Fassung, als man mir den ersten Soldaten vorführte, dessen Aufenthalt im Schlafgemach meiner Frau man nur mehr sehr schwer hatte übersehen können. Ich ließ den Mann einkerkern und war gesonnen, ihn zum Tode zu verurteilen, wollte jedoch vorher noch Helenas Version der Geschichte hören. Als diese allerdings davon erfuhr, geriet sie in Zorn, wie ich es vorher und nachher nicht mehr von ihr erlebt habe: Wie ich es wagen könne, mich an einem Mann zu vergreifen, den sie immerhin zu ihrem Liebhaber erkoren habe, sie sei die Königin und keine Bäuerin, und wir seien ja nicht in der finstersten Vorzeit, wo eine Frau das Eigentum ihres Mannes sei. Ich könne ihr nicht vorwerfen, es an der nötigen Umsicht mangeln lassen zu haben, sie werde mir schon kein Kuckuckskind anhängen, und im Übrigen möge ich mir überlegen, ob ich ihre beiden Dienerinnen weiter in meinem Bett haben wolle. Auf meinen Einwand, ich wolle eigentlich sie, die Königin wieder in meinem Bett haben, drehte sie die Sache so, dass ich sie schließlich schon Jahre nicht mehr gefragt habe und man schon darüber reden könne, unter einer Bedingung. „Welche?", fragte ich sie. „Lass die Finger von den Männern, die ich mir aussuche."

Sie schaffte es in diesem Augenblick in ihrem Blick alles an Strenge und alles an Verführungskraft zu vereinen, zu dem diese Frau fähig war. „Gemacht", sagte ich, „aber ich nehme dich auch beim Wort". Wir schafften es kaum noch in das königliche Schlafgemach, und ich kam nicht umhin zuzugeben, dass auch sie in den schönen Künsten erhebliche Fortschritte gemacht hatte, seit sie den Horizont ihrer Erfahrungen erweitert hatte. Dass ich mir damit hochoffiziell Hörner aufsetzen ließ, war mir bewusst, aber alle denkbaren Alternativen waren deutlich schlechter. Den Soldaten begnadigte ich am nächsten Tag, ein bedauerlicher Irrtum, und beförderte ihn gleich zum Hauptmann gegen einen feierlichen Eid, über die Sache zu niemandem ein Wort zu verlieren. Es funktionierte klaglos.

Und immerhin, gelegentlich verkehrte ich seitdem auch wieder mit meiner Frau, wenngleich das ein eher seltenes Vergnügen blieb. Ob sie hingegen wusste, dass ich es nicht lassen konnte, ihr öfter bei ihren Amouren mit einem oder auch mehreren der Elitesoldaten zuzusehen, die sie sich aussuchte, oft nur durch einen Vorhang verborgen, das weiß ich nicht. Ihre Dienerinnen mochten jedenfalls sichtlich, wenn ich direkt von meinen Beobachtungen zu ihnen kam und in der dadurch verursachten Stimmung war. Alles in Allem einer der erfreulicheren Aspekte der Königswürde, die mich ansonsten eher langweilte und ermüdete.

Es hatte sich also alles wunderbar eingespielt und wäre immer weiter so gegangen, wäre nicht eines Tages eine Delegation aus einer Stadt namens Troja in Kleinasien eingetroffen, angeführt von Paris, einem ziemlich selbstgefälligen Prinzen, der sich als Sohn des dortigen Königs Priamos vorstellte und ohne weitere Umschweife begann, mir die Ohren von Handelsbeziehungen und gegenseitigen Vorteilen und einem Bündnis vollzureden. Beim Bankett, das ich zu seinen Ehren schon am ersten Abend geben musste, war protokollarisch Helena seine Tischdame, und es kostet mich kaum Mühe herauszufinden, wo er bereits die darauffolgende Nacht verbrachte. Nun, das war zwar ein anderes Kaliber als Soldaten der Palastwache, aber ich hoffte zu diesem Zeitpunkt, er würde samt seinem gefräßigen Gefolge bald wieder abreisen und die Unruhe werde ein Ende nehmen, die diese Leute in die ganze Stadt brachten. Doch bald wurde klar: Der Herr Prinz würde erst abreisen, wenn er auch herausgefunden hatte, wie wehrfähig Sparta war, er begann sich bald wie beiläufig für unsere Soldaten und Kasernen zu interessieren, zeigte Interesse an unseren Ausbildungsmethoden und unseren Waffen. Es kostete einige Mühe, ihm das vollkommen unzutreffende Bild einer demilitarisierten Stadt vorzugaukeln, die auf Frieden und Handelsbeziehungen setzte.

Noch dazu musste ich vollkommen überraschend nach Kreta abreisen, während Paris noch in Sparta weilte, um gemeinsam mit Agamemmnon dem Begräbnis unseres Großvaters Katreus beizuwohnen. Meine schlimmsten Vorahnungen erfüllten sich, als ich einen Monat später zurückkehrte, Paris samt Delegation abgereist war, aber meine Frau und den besseren Teil des spartanischen Thronschatzes gleich mitgenommen hatte. Agamemmnon, der auf der Rückreise von Kreta in Sparta Station machte, bestärkte mich sehr in der Ansicht, dass ich das nicht auf mir sitzen lassen könne, eine Expedition nach Troja ausrichten müsse und zurückfordern, was mein sei. Gut möglich, dass sich der alte Priamos einsichtig zeige, ich solle aber nicht verabsäumen, großzügig Reparationen und die Zusicherung zu fordern, die griechische Einflusssphäre im östlichen Mittelmeer zu respektieren.

Nun, gesagt, getan. In Troja wurden wir zwar freundlich empfangen, tatsächlich war aber Paris noch nicht einmal von seiner Reise zurück, man erwarte ihn in den nächsten Wochen, ich möge mich mit meinen Männern gern so lange als ihr Gast betrachten, was mir durch das Mädchen sehr versüßt wurde, das man mir zur Verfügung stellte. Priamos lud mich schließlich zu einer Audienz unter vier Augen: Seine Spione hätten zuverlässig Kunde, dass Paris zwar mit meiner Frau samt Schätzen unterwegs gewesen sei, allerdings vor Ägypten Schiffbruch erlitten habe und der Pharao, der die Geschichte bald aus ihm heraus hatte, zwar ihm selbst freies Geleit geboten hatte, Helena samt Schatz aber dort in Gewahrsam sei und darauf warte, von ihrem rechtmäßigen Besitzer abgeholt zu werden. Er entschuldige sich in aller Form für das Verhalten seines Sohnes und sicherte mir zu, ihn seiner gerechten Strafe zuführen zu werden. Über weitergehende Reparationen oder Handelsbeschränkungen war er aber nicht bereit zu verhandeln.

Es blieb mir also nichts übrig, als unverrichteter Dinge wieder abzureisen. Dank eigener Spione wusste ich ein paar Wochen später, dass die Geschichte im wesentlichen so stimmte. Doch ich fuhr keineswegs gleich nach Ägypten, sondern wollte mich erst mit meinem Bruder beraten. Das reiche und schwer befestigte Troja, sein Selbstbewusstsein und der mit Schiffen reichlich bestückte Hafen hatten mir klargemacht: Von dort her würde früher oder später Ungemach drohen. Vierzehn Tage später saß ich in Mykene im Thronsaal Agamemmnons, der sich mittlerweile zum Großkönig der griechischen Stämme aufgeschwungen hatte, hauptsächlich deswegen, weil das den anderen Königen ohnehin ziemlich gleichgültig war und kaum praktische Auswirkungen zu haben schien. In Letzterem hatten sie sich allerdings gründlich getäuscht.

Er lobte mich für meine Umsicht und bestärkte mich sehr in der Ansicht, dass man gegen dieses Troja früher oder später so und so etwas unternehmen werde müssen. Er erinnerte mich an den Eid, den Helenas Vater den Königen abgenommen hatte: Der Anlass sei günstig, so leicht und billig würden wir es nie mehr erreichen, dass die Lasten des Krieges gleichmäßig auf alle verteilt würden, statt an uns beiden allein hängen zu bleiben. Agamemmnon sandte also Boten in alle Teile Griechenlands aus und berief als Hochkönig die Könige zu sich. Wie man sich vorstellen kann, war das Gemurre groß, als er die Katze aus dem Sack ließ und an den Eid erinnerte, den sie geschworen hatten. Doch ein Eid war ein Eid, es war für keinen der Könige vorstellbar, ihn zu brechen und damit den Zorn der Götter auf sich und seine Schutzbefohlenen herabzubeschwören. Es verging also der Winter, und schon im darauffolgenden Frühjahr versammelte sich eine gewaltige Armada von ein paar hundert Schiffen, um gen Troja zu segeln.

Der Rest ist Geschichte. Sieht man davon ab, dass die Dichter nicht einmal zwanzig Jahre gebraucht haben, um diesem Feldzug ein unglaubliches Netz an Legenden zu spinnen. Die Erzählung, dass dieser Krieg zehn Jahre gedauert haben sollte und die darauf folgende Heimreise für einige der Könige noch einmal zehn Jahre, kann schon deswegen nicht stimmen, weil das ganze insgesamt noch kaum zwanzig Jahre her ist. Wahr ist allerdings, dass Agamemmnon mit Achilles in einen veritablen Streit um ein Mädchen aus der Kriegsbeute geriet, was uns Monate kostete. Und wahr ist leider auch, dass wir wieder einmal eine Idee des Odysseus, dieses verschlagenen Königs aus Ithaka brauchten, um Troja schließlich zu knacken, wenngleich das mit dem Pferd nicht ganz so einfach war, wie es die Dichter darstellen. Aber nach einem Jahr war Troja erledigt, und die meisten von uns machten, dass sie wieder heim kamen, bevor dort irgendwer in unserer Abwesenheit in der Heimat auf interessante Ideen kam. Speziell in meinem Königreich Sparta, wo nicht einmal eine Königin für Ordnung sorgen konnte.

Auch die Geschichte von Odysseus und der treuen Penelope stimmte nicht ganz so, wie sie die Dichter erzählen: Die schöne Penelope war nicht ganz unbedacht mit dem Windbeutel Odysseus nach Ithaka gegangen, der ihren herrschaftlichen Ambitionen nicht nur nichts entgegenzusetzen hatte, sondern sie auch noch förderte, während er von Königshof zu Königshof reiste und allen Arten von Vergnügungen nachging. Penelope regierte derweil mit Umsicht und Verstand sein Königreich, was sich auch nicht änderte, als er seine Alibischiffe mit ein paar Bauern ausrüstete – die paar ernsthaften Soldaten, die er hatte, ließ er selbstverständlich unter der Führung Penelopes auf Ithaka zurück – und mit uns gegen Troja fuhr. Während der Herr Odysseus auf der Heimfahrt trödelte und zwei volle Jahre im Bett einer Schönen namens Kalypso zubrachte, hielt sich Penelope, die natürlich genau wusste, wo ihr Mann war, an den zahlreichen Besuchern schadlos, die sie als Königin zu empfangen hatte, auch ich erinnere mich an eine äußerst angenehme Woche auf Ithaka. Aber gut, nichts davon gehört hierher, und schließlich haben die beiden ja dann wieder zusammengefunden, wenngleich zum Glück, ohne dabei ein Dutzend oder mehr andere Männer zu meucheln, wie uns mancher Dichter glauben machen will.

Nachdem ich also in Sparta wieder für Ordnung gesorgt hatte, ein paar übermütige Soldaten in ihre Schranken gewiesen waren und die Bauern wieder begriffen hatten, wo ihr Platz war, rüstete ich neuerlich ein Schiff aus und begab mich nach Ägypten. Bedauerlicherweise kosteten die Geschenke, die dem Pharao für seine Gastfreundschaft zu überlassen der Anstand gebot, einen erheblichen Teil des Schatzes, den dieser für mich aufbewahrt hatte: Und Helena konnte ich auch nicht gut dort lassen, wiewohl uns das beiden lieber gewesen wäre: Sie hatte sich mit den ägyptischen Priestern und Elitesoldaten gerade behaglich arrangiert, die für ihre Bewachung zuständig waren, und mein Interesse an ihr war durch die Umstände vollkommen erkaltet. Doch Agamemmnon war unerbittlich gewesen: Er wollte es unter keinen Umständen riskieren, den Pharao gegen uns aufzubringen, nachdem wir durch die Vernichtung Trojas ohnehin massiv in das Machtgleichgewicht im östlichen Mittelmeer eingegriffen hatten.

Immerhin brachte Agamemmon die Könige dazu, sich auch noch an den Kosten dieser Expedition samt Geschenk an den Pharao zu beteiligen – er erinnerte sie noch einmal an den Eid, den sie gegeben hatten, sodass Sparta die Lasten nicht allein tragen musste. Leider war das seine letzte Tat, bevor er unter nicht ganz geklärten Umständen ums Leben kam. Seine Witwe Klythemnestra heiratete kurz darauf ihren Geliebten Aigisthos und hievte diesen auf den Thron Mykenes. Agamemmnons Sohn Orestes konnte noch rechtzeitig fliehen, lebt in Phokis in Mittelgriechenland und sinnt, seit er das Mannesalter erreicht hat, auf Rache an Aigisthos und seiner Mutter.

Was unsere Tochter Hermione betrifft: Diese ist bald nach dem Krieg ihrem Gatten Neoptolemos, dem ich sie im Kriege versprochen hatte, nach Thessalien weit im Norden gefolgt. Selbst die meiste Zeit von Ammen aufgezogen, hatte sie weder zu mir noch zu ihrer Mutter ein sonderliches Naheverhältnis und keine großen Einwände, dem König zu folgen, der ihr dem Anschein nach nicht übel gefiel. So ist es mittlerweile still geworden in unserer Stadtburg, doch bin ich zu der Einsicht gelangt, dass, wenn man erst dem Alter des Heißsporns entwachsen ist, auch diese Stille ihre durchaus angenehmen Seiten hat. Und gelegentlich gönne ich mir trotz allem noch den Anblick Helenas in den Armen des ein oder anderen Soldaten samt nachfolgendem Besuch bei der ein oder anderen meiner Sklavinnen. Ja, es hat auch seine Vorteile, König zu sein.

Alma

Es war bereits halb zehn, als ich davon aufwachte, dass sich
Fanny, mein Mädchen, im Schlafzimmer zu schaffen machte
und die dicken Vorhänge aufzog. Ihr „Guten Morgen, Gnädige
Frau", das sie mir vom Fenster aus zuwarf, drückte das höchste
Ausmaß an Missbilligung aus, zu dem sie fähig war, und immerhin war Fanny schon mein Mädchen, seit ich aus der Obhut
unserer Kinderfrau entkommen war, so mit 14 oder 15, so genau erinnere ich mich nicht mehr. Fanny ist ein paar Jahre älter
als ich, und wenn ich sie „mein Mädchen" nenne, so trifft das
die Verhältnisse bestenfalls an der Oberfläche: Natürlich ist sie
Hausangestellte meines Haushaltes, so wie sie davor Hausangestellte erst bei meinem Vater, dann bei meinem mittlerweile
verstorbenen ersten Mann war, einem Komponisten und Diri-
genten. Doch ist mir Fanny vor allem Anderen persönliche
Vertraute, Ratgeberin, auch ein wenig die Hofnärrin, der es ge-
stattet ist, mir den Spiegel immer wieder vorzuhalten, wenn ich
mich im Netz meiner Leidenschaft, meiner Hochmut, meiner
ewigen Sehnsucht nach Liebe wieder einmal allzu sehr verstri-
cke.

Ich setzte mich also seufzend auf, warf einen kurzen Blick auf
den nackten Mann, der neben mir immer noch schlief, und deutete ihr mit dem Finger auf den Lippen, was sie aber nur zu einem unwilligen Kopfschütteln veranlasste. Immerhin vermied
sie es, den nächsten Satz laut durch das Zimmer zu schreien,
sie trat stattdessen an mein Bett: „Du hast dir für den späten
Vormittag den Oskar eingeladen, soll ich ihn gleich hierher
führen, oder bevorzugst du ihn in sozialem Rahmen zu empfangen?" Ich seufzte. Es war ja nicht so, dass Franz, so hieß der
Mann, der neben mir in meinem Bett lag, so geplant gewesen
war. Aber er war irgendwie nach der gestrigen Abendgesell-
schaft übriggeblieben, und nachdem er mir um halb zwei im-

mer noch seine neuesten Gedichte vorgelesen hatte, war mir nichts übriggeblieben, als ihn einzuladen, über Nacht zu bleiben. Und dass das „allein irgendwo auf einem Sofa" hätte heißen können, auf die Idee wäre Franz nie gekommen. Ebenso wenig wie ich, wie ich zugeben muss. Was diesem fetten und unsportlichen Mann an Größe und eigener Ausdauer fehlte, machte er durch Phantasie und anderweitigen Eifer mehr als wett, ich musste lächeln, als ich an sein fast kindliches Bemühen um meine Lust zurückdachte.

„Du", das hieß, dass Fanny nicht ernsthaft schmollte und für lebenspraktische Anweisungen zur Verfügung stand. „Dann schau bitte, dass du Franz aus dem Bett bringst, abfütterst und er bis elf halbwegs präsentabel im Garten beim Pool ist. Ich werde nicht frühstücken, ich muss ins Bad. Ich komme zurecht." Damit verschwand ich aus meinem Schlafzimmer, nackt wie ich war, bevor Fanny auch nur Luft holen und zu einer Antwort hatte ansetzen können. Oskar würde sich kaum daran stoßen, dass ich frisch beglückt war, wie er sich zu diesem Thema meist ausdrückte, aber er verabscheute es, wenn ich auch so aussah. Oder eine der anderen Frauen, die er „beglückte". Nun, da hatte er allerdings auch einen Punkt. Ich verbrachte also die nächsten zwanzig Minuten unter der Dusche und ließ die Nacht rekapitulieren, während Wasser und Shampoo durch mein Haar flossen. Die nächste Aufgabe erforderte dann schon mehr Konzentration, es galt, das Essigschwämmchen so aus meiner Schnecke zu entfernen, dass ich mich dabei nicht noch nachträglich selbst schwängerte. Routine, mittlerweile, auch das ein Tipp von Fanny, für den ich ihr sehr dankbar war. Wenn ich auf meinen Gynäkologen gewartet hätte …

Ich überlegte gerade, wie ich mit meinem leider schon etwas aus der Fasson geratenen Schamhaar verfahren sollte, als Fanny ins Bad kam. Sie erfasste die Situation mit einem Blick: „Für Oskar, den Ästheten, geht das aber gar nicht mehr", konstatierte sie, und ehe ich irgendetwas darauf sagen konnte, hatte sie begonnen, Rasierseife in einer Schüssel schaumig zu rühren. Sie cremte meine Scham großzügig damit ein. „So, stillhalten", befahl sie, als sie das Rasiermesser ausklappte und sich vor mir auf den Boden kniete. Ich hielt also still, konnte aber nicht verhindern, dass mich die Berührungen des kalten Stahls auf meiner zarten Haut, das immer gegebene Risiko, dass Fanny abrutschte und mich verletzte, ziemlich erregten. Sie ließ sich dadurch nicht aus der Ruhe bringen, auch wenn sie das ein oder andere Mal schärfer einatmete. Ihr entging nichts. Schließlich stand sie auf. „Gründlich abwaschen, innen und außen, und vergiss nicht das frische Schwämmchen, du wirst es brauchen." Damit packte sie die Rasiersachen, verstaute sie und war schon wieder aus dem Bad verschwunden. Statt „du wirst es brauchen" hätte sie hätte auch gleich „du Nutte" sagen können, es wäre auf dasselbe hinausgelaufen. Fanny trug zwar meine Eskapaden mit, was aber nicht bedeutete, dass sie sie auch billigte.

Ich trocknete mich also ab und ging zu dem kleinen Schrank, der seitlich neben dem großen Spiegel hing. Einer Dose entnahm ich ein frisches kreisrund zugeschnittenes Schwämmchen von vielleicht 4 cm Durchmesser, das ich mit Essig aus einer großen Flasche reichlich tränkte. Dann schob ich mir das Schwämmchen tief in meine Schnecke und achtete darauf, dass es glatt und gleichmäßig über dem Muttermund zu liegen kam. Ich bevorzugte damals die weichen, an die Körperform angepassten Schwämmchen gegenüber den starren Diaphragmas, und erst recht gegenüber den halbierten Zitronen, die manche Frauen verwendeten, und sie hatten sich bis jetzt auch bewährt, seit meiner letzten Geburt und der Scheidung war es bislang zu keiner ungewollten Empfängnis mehr gekommen.

Ich betrachtete mich noch eine Weile nackt in dem großen Spiegel,der eine Wand des Badezimmers einnahm. Nicht mehr lange bis zu meinem vierzigsten Geburtstag, drei Kinder, mein Körper war zwar ein wenig üppiger und ausladender als noch vor 20 Jahren, meine Brüste standen nicht mehr spitz und klein ab, sondern waren voll und hingen ein wenig herab. Doch im Großen und Ganzen konnte ich zufrieden sein, was sich durchaus auch im konstanten Begehren der Männer widerspiegelte, mit denen ich mich umgab.

Ich putzte noch rasch meine Zähne und begab mich dann zurück ins Schlafzimmer, wo Fanny schon mit der Haarbürste und den Haarnadeln auf mich wartete. Zwanzig Minuten später hatte sie mein dunkles Haar gebändigt, ich schlüpfte in die Unterwäsche und das leichte helle Sommerkleid, das sie mir zurechtgelegt hatte. Fanny verrichtete ihre Arbeit wortlos, sie hatte offenbar beschlossen, mir ihre Missachtung durch Schweigen auszudrücken: Dass sie deswegen aber ihre Arbeit nicht ordentlich machte oder mich in Sachen Kleidung auch nur schlecht bediente, das wäre ihr nicht in den Sinn gekommen.

Ich fühlte mich leicht und unbeschwert, als ich im strahlenden Sonnenschein des Frühsommertages den kurzen Weg durch den Garten hinauf zum Pool ging. Davor war ein Tisch aufgestellt, an dem Franz allein in kurzen Hosen und Sporthemd saß und sich an dem opulenten Frühstück gütlich tat, das Fanny angerichtet hatte. Ich rückte meinen Sonnenhut ein wenig zurecht, setzte mich zu ihm und schenkte mir zumindest Kaffee ein. „Köstlich", begrüßte er mich mit vollgestopften Hamsterbacken, „den Honig musst du auch probieren." Ansonsten ließ er sich von mir nicht stören und setzte seine Mahlzeit fort. Fanny, die wie aus dem Nichts aufgetaucht war, sah mich fragend an, ich nickte abwesend. Kurz darauf reichte sie mir einen Teller mit einer mit Honig bestrichenen Semmelhälfte. Es erforderte meine ganze Konzentration, diese so zu essen, dass weder Brösel auf dem Teller noch Honig auf meinen Lippen zurückblieben. Doch der Blick, mit dem mich Franz dabei beobachtete, ließ unschwer erraten, dass seine Gedanken zur letzten Nacht abglitten, wo eine nicht ganz so süße Flüssigkeit meine

Lippen benetzt hatte. Ich rettete mich in ein sphingenhaftes Lächeln.

*

Ich hatte keine Ahnung, wie viel Zeit vergangen war, als mich plötzlich die Berührung einer Hand aus meinem Dämmerschlaf riss. Franz und ich lagen auf zwei Liegen, die auf einer gepflasterten Fläche hinter dem Pool standen. Da der Garten der Villa uneinsehbar war, waren wir nackt, wie es in meinem Haus beim Schwimmen üblich ist. Ich blickte auf und in das vierkantige, ein wenig grobschlachtige Gesicht Oskars, der sich voll angezogen, wie üblich im schwarzen Anzug und mit Fliege, auf die Kante meines Liegebettes gesetzt hatte. Er schien meine Nacktheit genauso selbstverständlich zu nehmen wie ich, er begrüßte mich mit „Hallo Alma", und da er keine Möglichkeit sah, meine Hand zu küssen, beugte er sich einfach über mich und küsste mich auf den Mund. Franz beobachtete die Szene aufmerksam, Oskar wandte nur seinen Kopf in dessen Richtung, nickte ihm kurz zu und murmelte „Franz". Ich sann nach, wie oft Oskar schon mit mir geschlafen hatte, es war jedenfalls öfter als Franz. Ich richtete mich also auf und stützte meinen Oberkörper auf die Ellbogen. „Möchtest du dich nicht erst einmal abkühlen? Und geeiste Limonade steht da drüben." „Ja gern. Kommst du mit, Franz?" Mich fragte er erst gar nicht, er wusste, dass ich selten in den Pool ging, wenn ich frisiert war so wie jetzt.

Oskar stand auf und begann mit der größten Selbstverständlichkeit seinen Anzug und seine restliche Kleidung abzulegen und mit der größtmöglichen Nonchalance auf den Boden zu verteilen. Fanny erschien wie aus dem Nichts, strafte ihn mit Schweigen, klaubte seine Kleidung vom Boden auf, strich sie glatt und arrangierte sie auf einer der freien Liegen. „Sonst noch Wünsche, der Herr", fragte sie, wohl nicht in der Erwartung irgend einer Antwort, Oskar war schon längst mit einem, wie man zugeben musste, meisterlichen Kopfsprung in das kühle Wasser gesprungen, gefolgt von Franz, der seinen fetten Körper weit weniger elegant in das Wasser platschen ließ und dabei gefühlt den halben Inhalt des Pools auf den Rasen rundherum verteilte. „Danke, Fanny", sagte ich mechanisch, worauf diese mir zuraunte: „Es ist jetzt halb drei, du denkst daran, dass du heute Abend eine Gesellschaft hast? Um fünf kommt Else." Ich erschrak, das hatte ich tatsächlich komplett vergessen, Else war meine Friseurin. Aber gut, dann musste ich meine Frisur nicht mehr schonen, ich stand also auf und sprang ebenfalls in den Pool, um mit den Männern eine Weile herumzutollen.

Schließlich waren wir alle drei ausreichend abgekühlt, hatten uns mit den Badetüchern abfrottiert, die Fanny uns bereitgelegt hatte, und ich lag, wie ich zugeben muss, ziemlich obszön mit breit aufgestellten Beinen auf dem Rücken, die Lehne der Liege fast senkrecht hochgestellt, um die letzten Reste der Feuchtigkeit auf meiner Haut loszuwerden. Oskar saß neben mir auf dem Rand der Liege und begann wie beiläufig, mich zu berühren. Ich machte mir keine sonderlichen Sorgen, hier die Kontrolle zu verlieren, Oskar war ein relativ hemmungsloses Raubtier, das ohne große Umstände auf seine Beute zuging, aber ein „nein" jederzeit anstandslos akzeptierte. Er rechnete sich aber meist gute Chancen aus, nicht auf ein solches zu stoßen. Meine Neigung, ihn abzuweisen, war auch nicht sonderlich hoch, ich mochte seine direkte Art und seine stets grenzüberschreitenden Berührungen, weil sie so herrlich im Körper kribbelten. Allerdings irritierte mich ein wenig die Anwesenheit von Franz, ich suchte daher seinen Blick.

Sehr zu meinem Amusement hatte der es sich aber einfach auf der Nebenliege bequem gemacht, lag seitlich auf einem Ellbogen aufgestützt, und seine andere Hand spielte noch ein wenig verhalten an seinem halbsteifen Penis herum. Sein Blick begegnete meinem, und es hätte nicht mehr Ermunterung darin liegen können. Ich ließ also Oskars Hand dort, wo sie war, nämlich an der Innenseite eines meiner Oberschenkel und genoss es, als Frau einfach zuwarten zu können. Oskars Augen suchten kurz die meinen, ich gab ihm mein „mach weiter", das dank unserer intimen Vertrautheit keine Worte brauchte. Oskar wusste sehr genau, was ich brauchte, um in Fahrt zu kommen, es waren die beiläufigen Grenzüberschreitungen, die kleinen Unverschämtheiten, die er in sein zärtliches Spiel einbaute, die mich wirklich in Fahrt brachten. Da ein kleiner Kniff an einem Nippel, da ein wie unbeabsichtigtes Eindringen seiner Finger, die eigentlich nur über meine Vulva streiften. Mein Körper bebte vor Lust. Schließlich hielt ich es nicht mehr aus und griff mit seiner Hand nach seinem schon voll erigierten Penis, begann ihn sachte zu stimulieren.

Oskar war ab einem gewissen Grad der Erregung kein Mann der Eleganz mehr. Ziemlich plötzlich und ansatzlos kam er im Kniestand zwischen meine Beine und drückte mir seine harte Erektion mit fast animalischer Kraft gegen die schon weit ge-öffneten Schamlippen. Ich stöhnte auf, ich mochte es, einfach genommen zu werden. Aus dem Augenwinkel sah ich, wie Franz auf der Nebenliege selbstvergessen masturbierte. Ja, es machte mich in dem Augenblick an, seine Vorlage zu sein, meine Nässe baute sich überraschend schnell auf, ich ließ mich von Oskars riesenhaftem Schwanz sehr rasch in eine Serie von Orgasmen treiben. Er arbeitete sich an mir ab wie eine gleich-mäßig laufende Dampfmaschine, doch meine Nässe war wohl schon zu viel, er schaffte es nicht, in meiner Schnecke zum Hö-hepunkt zu kommen. So blieb mir nichts anderes übrig, als ein wenig nachzuhelfen: Er verstand meine Geste, zog sich aus mir zurück und kniete sich über meine Brust. Ich öffnete meinen Mund und begann seinen erregten Penis zu lutschen, während er mich grob mit beiden Händen am Kopf packte und mir ziemlich hart in den Mund stieß. Es dauerte keine Minute, bis sich sein heißer Samen tief in meine Mundhöhle ergoss. Ich blickte zu Franz hinüber, der immer noch an sich selbst arbeite-te und durch den Anblick von Oskars Sperma, das ich mir über Lippen und Kinn laufen ließ, endlich auch zum Erfolg kam. Er sank auf den Rücken, sein Bauch von einer für ihn ungewöhnlichen Menge heißen Samens befleckt, und lächelte einfach glückselig vor sich hin.

Oskar war zufrieden, er gab mich frei, klettere von meiner Liege und ging zum Tisch mit der geeisten Limonade. Ich konnte der Versuchung nicht widerstehen, zu Franz hinüber zu gehen, sein Sperma auf meine Finger zu nehmen und ihm diese tief in seinen Mund zu stecken, während er begeistert daran zu schlecken und zu saugen begann. Franz war wie ein junger Hund, absichtslos und verspielt. Vor lauter Übernut drückte ich ihm noch meine Lippen, die voll von Oskars Samen waren, auf seinen Mund, was ihn glückselig glucksen ließ.

„Ein wenig Abkühlung, die Herren?", fragte ich schließlich und sprang wieder in den Pool, wohin mir die beiden folgten. Ich konnte jetzt ohne große Bedenken auch den Kopf unter Wasser geben, meine Frisur war ohnehin dahin, und Else würde das ganze schon wieder in Ordnung bringen. Ich ließ mich also noch eine Weile auf dem Rücken auf dem Wasser treiben, genoss die ungebrochene Aufmerksamkeit der beiden Männer, bis Fanny am Poolrand erschien. „Halb fünf, gnädige Frau, Zeit für die Friseurin." Fanny, die in ihrem Hauskleid mit der frisch gestärkten Schürze immer aussah wie frisch aus der Schachtel, hatte eine natürliche Begabung, durch das einfach hindurchzusehen, was sie als peinlich und unschicklich empfand, ohne das aber jemanden spüren zu lassen. Gleichzeitig war ihre Förmlichkeit aber auch Warnung an mich: Sie tolerierte meine Eskapaden, aber nicht, wenn ich die Abläufe im Hause grob störte.

„Ihr werdet euch für den Abend noch umziehen wollen", sagte ich also zu den beiden Männern. Die beiden suchten aber bereits etwas linkisch ihr Gewand zusammen, Fanny hatte in der Zwischenzeit auch Franz Anzug heraus an den Pool gebracht. Auch ich schlüpfte jetzt wieder in Wäsche und mein Sommerkleid. Die Stimmung verschob sich auf seltsame Weise, die ausgesetzten Konventionen galten wieder. „Madame Alma", verabschiedete sich Franz mit großer Geste. „Acht Uhr, wie üblich?", fragte er noch nach, nachdem er meine Hand geküsst hatte. „Ja, acht Uhr", antwortete ich, obwohl ich keine Ahnung hatte. Fanny blieb unbewegt, es würde also schon stimmen. „Es war mir ein Vergnügen, Alma." Jetzt beugte sich auch Oskar über meine Hand und deutete einen Kuss an. „Bis später", sagte ich zu ihm und wandte mich dann demonstrativ von den beiden ab. „Räumst du hier auf, Fanny, ich denke, Else wird schon auf mich warten."

*

Es war schon fast acht, ich war wie immer zu spät, als ich vollkommen nackt vor der immer noch makellosen Fanny aus der Dusche stieg, das frisch toupierte Haar unter einer Seidenhaube, die mit Wachs gestärkt war. Da ich keine Anstalten gemacht hatte, hielt sie mir wortlos ein frisches Schwämmchen hin. „Sicher ist sicher, Alma", sagte sie nur zu mir. Ich musste lächeln, als ich mich breit hinstellte und es zuließ, dass sie mir das Teil behutsam einsetzte. Im Schlafzimmer angekommen, arbeiteten wir nach eine halbe Stunde daran, mich in die Abendgarderobe zu bekommen und meinem Aussehen den letzten Schliff zu geben. Zuletzt griff ich in eine kleine Lade meines Sekretärs und drückte ihr einen Golddukaten in die Hand. „Danke, Fanny, du warst heute ein Schatz", sagte ich zu ihr und gab ihr dazu noch einen zärtlichen Kuss auf den Mund. Es waren dies die raren Gelegenheiten, wo ich diese kontrollierte Frau ein wenig aus der Reserve locken konnte, seit ich wusste, dass sie eine diskrete Beziehung zu einem Hausmädchen ein paar Gassen weiter unterhielt. Sie knickste. „Danke, gnädige Frau, Alma, brauchst du mich noch?", fragte sie, stammelte dabei ein wenig, und das Rot auf ihren Backen stand ihr wunderbar. „Nein, geh nur, und morgen reicht zu Mittag." Einen Augenaufschlag später war sie weg.

Als ich zehn Minuten später im langen Abendkleid in die große Halle meines Hauses trat, nach einem Glas Champagner griff,

mit ein paar Schlägen eines Löffels Ruhe gebot und mit siche-
rer Routine meine Gäste begrüßte, war ich wieder ganz Dame.
Es würde ein langer Abend werden, und Fanny hatte natürlich
recht: Frau konnte nie wissen, unter welchen Umständen er in
welchem Bett enden würde. Es war mir ganz recht, dass die
Männer, die an meinen Lippen hingen, das strahlende Lächeln,
das dieser Gedanke auf mein Gesicht zauberte, nur auf sich
selbst bezogen. Unter ihnen auch Franz und Oskar, die einander gerade „auf mein Wohl" zuprosteten.

Wenn Ihnen die Geschichten gefallen haben …

Clifford Chatterley, Anjas Lernjahre oder die fünf Stufen zur Amoral

BoD 2020, ISBN: 9783752670875

Clifford Chatterley, Anjas Cuckold oder Die sieben Kreise der Unterwerfung

BoD 2020, ISBN: 9783751957113

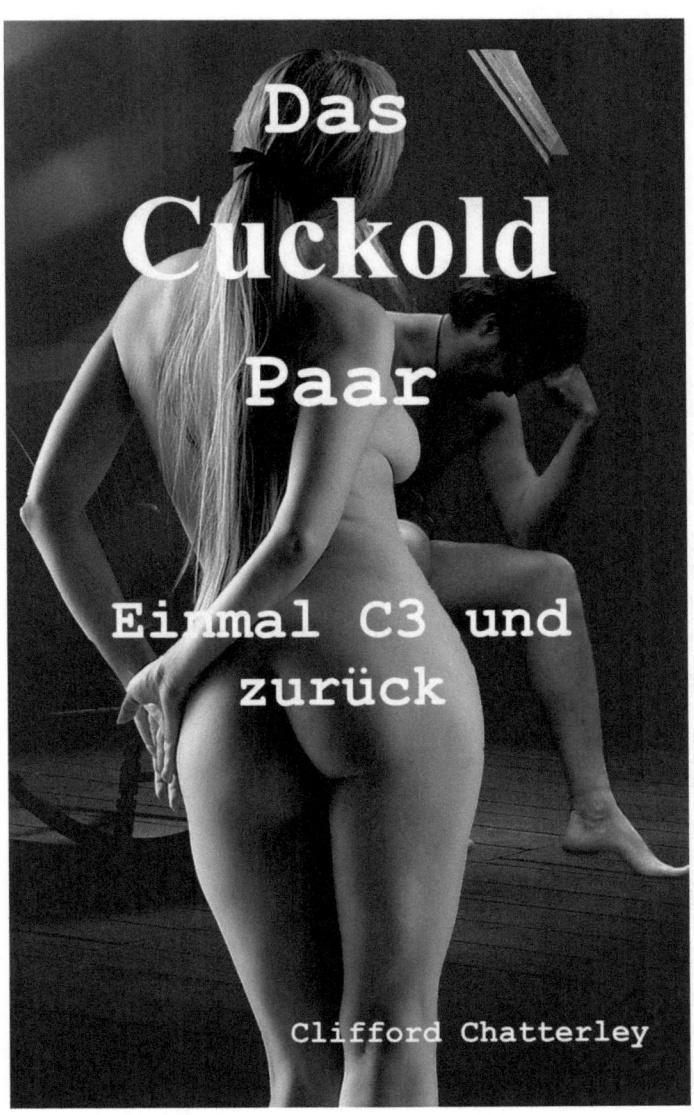

Clifford Chatterley. „Das Cuckold Paar"

BoD 2022, ISBN 9783755785750

Marion Marksmeisje, Hotwife, Cuckold, Kurtisane

BoD 2021, ISBN: 9783754333969